Sous la lumière des vitrines

DU MÊME AUTEUR

UN GARÇON PARFAIT, Jacqueline Chambon, 2008 ; Babel n° 1116.
LEÇONS PARTICULIÈRES, Jacqueline Chambon, 2009.
UNE AUTRE ÉPOQUE, Jacqueline Chambon, 2011 ; Babel n° 1204.
UNE MESURE DE TROP, Jacqueline Chambon, 2013.
POST-SCRIPTUM, Jacqueline Chambon, 2016.
LA JEUNESSE EST UN PAYS ÉTRANGER, Jacqueline Chambon, 2018.

Ouvrage traduit avec le soutien de Pro Helvetia

fondation suisse pour la culture
prohelvetia

Titre original :
Unhaltbare Zustände
Éditeur original :
Verlag Galiani, Berlin

ISBN 978-2-330-13958-2

Alain Claude Sulzer

Sous la lumière des vitrines

roman traduit de l'allemand
par Johannes Honigmann

Chambon

Jamais il n'avait fait de telles réflexions auparavant ! À présent, elles l'assaillaient comme une nuée d'oiseaux, se nichaient dans son cerveau et s'y agitaient sans relâche.

JOSEPH ROTH,
La Marche de Radetzky.

Prologue

C'était l'été 1969, j'avais seize ans et j'étais occupé à des choses qui n'arracheraient sans doute qu'un sourire las aux adolescents d'aujourd'hui.

J'étais un élève paresseux mais discret, ce qui faisait surtout mon affaire en classe de biologie ; installé au dernier rang, je passais inaperçu et l'on ne m'exhortait guère à répondre à des questions dont on savait que j'ignorais la réponse. Quand finalement je cessai d'aller en cours, je ne manquai à personne et personne ne partit à ma recherche. Mon intérêt se cantonnait à la musique classique et à la littérature, deux disciplines qui, à cette époque déjà, passaient pour quelque peu anachroniques. En dehors de mon camarade Joachim, devenu pianiste par la suite, personne n'écoutait du Mozart ou du Beethoven ; quant à l'opéra, même Joachim n'en écoutait pas. Aussi je n'arrivais pas à me défaire du sentiment que ce genre-là était inférieur, voire franchement embarrassant, aux yeux des musiciens sérieux. Et tandis que mes condisciples écoutaient soit les Beatles, soit les Stones – et connaissaient leurs tubes par cœur –, j'écoutais de la chanson française et de la musique classique. Je perpétuais d'une certaine façon les intérêts musicaux de mes parents, avec lesquels j'aurais voulu par ailleurs avoir le moins de points communs possible.

J'étais dans toutes les matières – même en allemand – d'une médiocrité proprement spectaculaire. C'était comme si je devais prouver au monde entier qu'il est possible de réussir sans le moindre bagage, car en dépit de ma paresse, c'était bien mon but. J'avais une idée précise de ce que ce serait d'être, un jour, un écrivain. Pourtant, je m'intéressais peu à ce qui se passait autour de moi. À cette époque, et à une exception près, je n'écrivais que sur des sujets issus de mon imagination au lieu de la réalité. Celle-ci ne fut pas l'objet de mes premiers efforts littéraires, dont je ne garde qu'un souvenir très flou.

Le sujet de ma première rédaction après la fin des grandes vacances fut un incident qui s'était passé à la fin de juillet 1969 dans un grand magasin qui n'existe plus de nos jours, même si les gens âgés disent toujours *Les Quatre Saisons* en parlant de ce qui est aujourd'hui un immeuble de bureaux et – de moins en moins – d'appartements. Le grand magasin ne se trouvait pas dans la ville où je vivais enfant mais dans celle où je passais mes vacances d'été. J'habitais alors chez Ida, une cousine de ma mère, et l'oncle Walter, son mari. Bien qu'ils l'eussent souhaité, ils n'avaient pas d'enfants. Le regret qu'ils en avaient les accompagnait partout comme un balluchon invisible. Chaque été, je tenais, quelques jours durant, le rôle du fils de substitution que l'on gâtait, même si je devais me soumettre aux principes d'éducation de Walter, qui n'étaient pas ceux de mes parents. Je le supportais sans me plaindre car je savais que ça ne me faisait pas de mal, et puis j'aimais ces vieilles gens.

Au moment où je consacrai ma rédaction à l'histoire qui était arrivée dans leur ville, j'ignorais encore que c'étaient les dernières vacances que je passais chez eux. J'en pris conscience quelques mois plus tard, lorsqu'Ida mourut d'une pneumonie et que Walter s'installa dans une maison de retraite peu après l'enterrement. Il ne savait faire ni la cuisine, ni la lessive. Il n'avait jamais touché à une machine à laver ou à un four. Tout seul à la maison, il serait mort de faim, disait-on et répétait-il. De temps à autre, il m'envoyait des cartes postales écrites de ses pattes de mouche illisibles.

Ce mois d'août 1969 le professeur d'allemand nous avait demandé d'écrire, comme chaque année, une rédaction sur un événement remarquable, mémorable, ayant eu lieu au cours des six semaines de vacances que nous avions derrière nous. Il pouvait s'agir d'une rencontre particulière ou d'une histoire.

La plupart d'entre nous rédigèrent sans grand enthousiasme les sempiternelles descriptions interchangeables de vacances – sorties à la plage, grillades en plein air, baignades dans la mer, repas à l'hôtel – que je ne pouvais pas relater car mes parents ne nous emmenaient jamais nulle part. Les années précédentes, j'avais décrit la promenade au zoo, la visite de la fosse aux ours au moment de la distribution de nourriture, ou bien les tentatives de mon oncle pour m'apprendre à jouer aux échecs au Jardin des roses, mais cette fois-ci, j'avais quelque chose à raconter qui reléguerait dans l'ombre les narrations des autres élèves.

L'histoire dont j'avais été témoin avait alimenté les conversations, dans la ville et au-delà, pendant plusieurs jours. C'était une étrange affaire.

1

L'hiver

De toutes les périodes de l'année, les semaines précédant Noël étaient celles où l'infaillible sens de la beauté de Stettler était le plus sollicité. Sa connaissance des couleurs, des formes et des matériaux les plus divers, son sens de l'espace et de la symétrie, de la clarté et de l'obscurité, de la lumière et de l'ombre, toutes ses facultés en somme, étaient alors indispensables. Ce temps de l'Avent était sa meilleure saison, jamais l'intérêt que ses collègues prenaient à son travail n'était plus grand qu'au début du mois de décembre, le premier mercredi du mois, lorsque le papier journal qui dissimulait les vitrines était délicatement ôté, dévoilant enfin les œuvres d'art qu'il avait créées et que l'on pouvait observer les passants qui s'arrêtaient, subjugués, devant ses créations, lorsqu'en somme était venu le temps de l'admiration. Ni les étrangers ni les employés n'auraient voulu manquer cela, et ils s'arrachaient avec peine au spectacle qui s'offrait à leur vue. Ils restaient là, bouche bée, ravis, époustouflés comme des enfants au pied du sapin, et il leur fallait en général plusieurs minutes pour retrouver l'usage de la parole et montrer du doigt certains détails remarquables à d'autres curieux, le plus souvent de parfaits inconnus, quand ils ne se contentaient pas de contempler la décoration avec un étonnement muet. Ils ne formaient plus alors qu'un joyeux groupe échauffé et satisfait. Plus personne n'avait froid car les vitrines débordaient de promesses incandescentes et les cœurs des badauds étaient tout feu, tout flamme, peu importe qu'ils fussent vêtus d'une veste ou de vison. Sa tâche était accomplie, comme surgie du néant grâce à son sens de la beauté, mais en réalité aboutissement de décennies de pratique et de perfectionnement, fruit de plusieurs semaines de réflexions et de méditations sur la meilleure façon de mettre en scène le bon goût, mais aussi – ce dont personne ne devait s'apercevoir ni ne pouvait se douter – le produit de nuits blanches passées à cogiter sur des idées inabouties et des inspirations fulgurantes inespérées, jusqu'à ce qu'elles prennent forme peu à peu et se dessinent de plus en plus clairement devant son œil intérieur, pour être enfin réalisées d'une main sûre. L'heure des plans et des calculs avait sonné. Il réunissait alors tous les éléments sur de grands blocs à dessin, qu'il remplissait toujours à l'horizontale, par analogie avec la forme des vitrines, et le plus souvent de gauche à droite, parce qu'il abordait toujours les vitrines du côté gauche quand il se mettait dans la peau d'un passant non averti. La construction de l'image partait donc du coin gauche, c'était là – imperceptiblement – que naissaient toujours ses créations. Le papier quadrillé devenait la devanture en face de laquelle se tenait l'observateur solitaire. La feuille blanche était une scène vide qui se remplissait peu à peu d'objets.

Plus décisive que l'estime éminemment respectable de ses collègues, était l'approbation des clients. L'opinion des habitués – qui savaient à quoi ils pouvaient s'attendre car ils fréquentaient le grand magasin de longue date – importait moins que l'avis de la clientèle de passage, non avertie, qui s'arrêtait, médusée. Les clients qui primaient tous les autres étaient ceux que le hasard avait amenés là, qui ne s'y attendaient pas, et qui s'immobilisaient devant les vitrines éclairées et s'émerveillaient.

Attirer des inconnus qui n'avaient encore jamais mis les pieds aux *Quatre Saisons*, c'était indubitablement la tâche la plus importante d'un décorateur de vitrines. Et c'était l'objectif le plus élevé, *the top goal* comme on disait en Angleterre, que Stettler se fixait toujours, et pas seulement en décembre, mais aussi tous les deux mois, à chaque changement de décor. « La séduction délibérée. » Son maître, le vieux Bickel, n'avait eu que ce mot à la bouche. « Quand tu les séduis, tu les mets dans ta poche, et quand ils en émergent, c'est pour entrer dans le magasin, regarder autour d'eux et vérifier discrètement le contenu de leur bourse. La vitrine est l'ouvre-porte du temple. Une fois que les gens sont dedans, ils ne repartent pas de sitôt. Ils doivent tomber amoureux. C'est le début d'une relation pour la vie – comme le mariage ! » C'était à peu près la leçon que Stettler, à son tour, transmettait depuis des années à ses collaborateurs, surtout aux jeunes collègues et apprentis, des garçons de seize, dix-sept ans, quasiment des enfants, qui ne connaissaient rien à la vie et moins encore à l'art de la vente et de la séduction et qui, le plus souvent, se demandaient pourquoi ils avaient choisi ce métier, un métier qui n'offrait pas la lointaine aventure mais les bornes étroites d'un cadre fixé.

« La séduction est un art et on ne naît pas avec, fourrez bien cela dans vos cervelles de moineau, vous devez donc l'apprendre et c'est pour cela que vous êtes ici du matin au soir, et le seul à pouvoir vous l'enseigner, c'est moi », leur martelait-il sans relâche, et quelquefois il ne pouvait se retenir de frapper du plat de la main le front d'un adolescent boutonneux qu'il trouvait inattentif.

« Je m'adresse à vous tous, déclarait-il alors dans le silence complet qui s'établissait immédiatement, pendant que l'apprenti qu'il avait frappé retenait ses larmes avec peine. C'est pour que tu t'en souviennes. Compris ? Pour que cela se dilue dans ta masse cérébrale et dégouline dans ta moelle osseuse. Et dans la vôtre aussi ! » Hochements de tête obséquieux. Visages rouges. Mutisme embarrassé. On osait à peine respirer en sa présence.

Les apprentis craignaient leur maître de la même façon que Stettler avait craint son maître Bickel qui, lui-même, n'avait craint qu'un seul homme, le vieux Schuster, quand celui-ci inspectait son royaume, la main gauche derrière le dos. Il était allé de soi que les fils de Schuster reprissent un jour le grand magasin. Ils n'avaient pas eu d'autre choix et n'avaient pas eu à le regretter. « Et se laver n'a jamais fait de mal à personne », ajoutait Stettler quand l'odeur de transpiration devenait trop pénétrante dans la chambre des apprentis. Cette admonestation aussi, il la tenait de Bickel : il ne tolérait pas la puanteur, surtout quand on rampait en chaussettes dans les vitrines.

La période avant Noël était celle où il importait particulièrement de « dépasser », comme on disait à présent, le chiffre d'affaires de l'année précédente – Stettler avait cinquante-huit ans et il s'en rendait compte quand il se penchait et s'agenouillait, et parce que tout s'était mis à changer autour de lui. Alors que l'été, la mode balnéaire exposait de plus en plus le corps féminin, lequel, dans le cas des mannequins de vitrine, n'était plus en plâtre, ni en papier mâché, mais en matière plastique imitant la peau à la perfection (jadis, les mannequins n'avaient même pas eu de tête), sur la place de l'Hôtel-de-Ville toute proche, le sapin de Noël était devenu d'année en année plus grand avec des boules de plus en plus volumineuses, et symbolisait d'une manière franchement inquiétante les excès modernes dans lesquels on était tombé, et pas seulement par l'exhibition démonstrative toujours plus ostensible de la peau nue ni des célébrations de Noël.

Stettler, lui au moins, pouvait s'estimer heureux que les dimensions de ses sept vitrines, qui se trouvaient sous des arcades vieilles de deux siècles, n'aient pas changé et ne changeraient pas de sitôt. Il avait leurs mesures précises en tête : trois mètres quatre-vingts de largeur, deux mètres dix de profondeur, deux mètres soixante-dix de hauteur.

Tout le monde, des coursiers au directeur, avait conscience de la contribution de Stettler au chiffre d'affaires annuel en général et aux bénéfices accrus de Noël en particulier. Quoiqu'on ne pût réellement chiffrer sa part, sa contribution était considérée comme une valeur sûre.

Chaque collaborateur des *Quatre Saisons* connaissait l'importance de Stettler pour le grand magasin, ouvert au début du siècle, voilà cinquante-cinq ans, par Johann Schuster senior, après six années de chantier ; un édifice au centre-ville, d'une hauteur vertigineuse selon certains, décoré de caryatides, de stuc à foison et de vastes surfaces de mosaïques, avec des fenêtres aveugles qui dissimulaient les espaces de vente et une entrée principale qui n'avait rien à envier à celle de l'opéra municipal. Une coupole en verre visible de loin. Le logo quadricolore *Les Quatre Saisons*. Des drapeaux à quatre couleurs, qui flottaient au vent à certaines occasions. Tout cela s'élevait majestueusement au-dessus des antiques arcades, qui étaient restées en place parce que les autorités n'avaient pas autorisé leur démolition.

Jamais le vieux Schuster n'avait caché qu'il s'était inspiré de *La Samaritaine*, tout comme celle-ci avait pris modèle en son temps sur *Le Bon Marché*, où Schuster avait pendant trois ans affiné et perfectionné, sous les yeux de M. et Mme Cognacq, les fondateurs et propriétaires de la maison, son métier de *chef de rayon* dans la section *vêtements pour hommes*, après avoir passé six mois respectivement à Cologne et à Londres, tenté dans un premier temps par un éventuel stage à New York. Mais il était content d'avoir choisi Paris à la place.

Quand il prit son emploi sur la rive droite de la Seine, nul en dehors de sa femme ne savait quelle idée il avait de son avenir. À son retour en Suisse avec Christine, une Parisienne pur jus, il était en tout cas résolu à ouvrir un grand magasin semblable à *La Samaritaine*. Et ils eurent le courage de se créer leur propre magasin. La banque cantonale les soutint.

Bien que l'influence de *La Samaritaine* sur *Les Quatre Saisons* sautât aux yeux, le modèle réduit s'adaptait très habilement à la ville de province pour laquelle il était conçu. Ce grand magasin ultramoderne était plus grand et plus emblématique que tout ce que l'on connaissait. Alors qu'on s'était contenté jusque-là de magasins ou d'ateliers spécialisés dans le costume pour dames ou pour hommes, dans la chapellerie, les parapluies, la chaussure, la maroquinerie, la mercerie, la bonneterie, etc., Schuster senior proposait tous ces articles sous un même toit. Des pans de la ville médiévale – des maisons vétustes, en partie délabrées, sans aucune protection contre les risques d'incendie et de propagation du feu, dépourvues d'eau courante, de gaz ou d'électricité, ainsi que d'installations sanitaires et, dans certains cas, de vitres – furent démolis pour faire place au nouveau bâtiment. Schuster, qui avait racheté peu à peu avec l'aide de la banque le terrain sur lequel allait s'édifier son grand magasin, venait surveiller tous les jours l'avancement des travaux, souvent en compagnie de son élégante épouse, que tout le monde appelait « la Parisienne ».

Il s'agissait de convaincre les clientes. Ce qui était réalisable d'une part grâce à l'abondance incomparable de l'offre comprenant des marchandises de qualité égale, si ce n'est supérieure, à celle des boutiquiers, et d'autre part grâce aux prix, avec lesquels les petits commerçants, habitués depuis toujours à ne vendre que des quantités limitées, ne pouvaient rivaliser. Les articles devaient être à la fois tentants, abordables et disponibles en quantités faramineuses – et cela, à tout moment et, bien sûr, à la dernière mode. Aucun vendeur ni aucune vendeuse ne devait jamais prononcer la phrase « Nous n'avons pas cet article en magasin », il leur était même interdit d'y penser. À long terme, la clientèle ne devait plus avoir d'autre choix – même s'ils en avaient la possibilité – que de faire ses emplettes aux *Quatre Saisons*. Cela n'arriverait pas du jour au lendemain mais cela finirait par se produire tôt ou tard et cela s'était produit.

La nouvelle force de persuasion triomphait de la force déclinante de l'habitude. Pour éliminer cette dernière qui allait en guenilles, il suffisait de parer la première d'habits de lumière et de la vêtir de velours et de soie. Quant aux rares snobs qui évitaient *Les Quatre Saisons* parce qu'ils se considéraient comme des membres de la haute société et refusaient de se rabaisser au niveau de la plèbe, on pouvait se passer d'eux sans problème. Comme Johann Schuster ne venait pas de leur milieu, il n'avait que faire de leur arrogance.

À l'instar d'Aristide Boucicaut, le fondateur du *Bon Marché*, Schuster senior était passé maître dans l'art d'éliminer les concurrents désagréables, dont il était devenu l'ennemi mortel en moins de temps qu'il n'en faut pour le dire. Au début, Schuster senior, qui se prenait pour un visionnaire, avait connu de grosses pertes, mais à la fin, il en était sorti gagnant. Il ne s'était pas attendu à autre chose.

L'époque était propice, la cliente moderne, qui n'avait pas les moyens de faire venir de petits artisans chez elle, en avait assez de courir de la couturière à la modiste, du maroquinier au bottier et d'attendre, maussade et fatiguée, que ses commandes soient enfin prêtes – souvent après plusieurs relances – et livrées à la date convenue, ce qui arrivait rarement. Il était donc plus agréable de trouver sous le même toit, celui des *Quatre Saisons*, tout ce que l'on cherchait, ce dont on avait besoin et ce qu'on désirait, soit parce qu'on le connaissait ou qu'on en avait entendu parler, plus agréable d'avoir à sa disposition tout un assortiment d'une variété époustouflante distribué sur pas moins de six étages autour d'un grand escalier brillamment éclairé par une coupole en verre et des lustres imposants, jusqu'au salon de thé chinois du dernier étage au décor en porcelaine, où l'on servait des biscuits, des tartes et bien sûr du café.

Le grand magasin de Schuster, qui avait à présent un demi-siècle d'existence, proposait presque tout ce que le cœur désirait, notamment des produits dont la cliente pleine de convoitise et, si possible, de prodigalité ignorait jusqu'à l'existence. Pressentant des découvertes inattendues, la cliente succombait à la tentation, délaissait sa maison, son appartement, son village, la ville voisine, ses habitudes. Il y avait de tout pour tout le monde : du solide et du luxueux, de l'onéreux et du pas cher, du raffiné et du simple, du pratique et du superflu, du connu et de l'inconnu, un pays de Cocagne pour les acheteuses qui, à Noël, devenait le ciel sur Terre pour les enfants, parce qu'une partie du rayon hommes était alors transformée en un paradis de cadeaux.

Le vieux Schuster était mort dans son lit en juillet 1945, peu après la fin de la guerre. Il aurait sûrement préféré expirer dans son discret bureau directorial situé au premier étage derrière une porte sans apprêt, dissimulée par un paravent de soie qu'il avait rapporté, jeune homme, de Paris. Il était orné de paons de fantaisie imprimés en rose et en bleu clair. Schuster avait toujours prétendu qu'il provenait de Chine mais en réalité il avait été fabriqué à Lyon.

À l'enterrement de Schuster, le personnel au grand complet se rendit au cimetière avec ses deux fils pour lui faire un dernier adieu. Ce jour-là *Les Quatre Saisons* restèrent fermées. Toute la ville savait que Schuster était mort.

Comme tous les décorateurs, Stettler s'effaçait devant son art. Son nom n'était connu que des employés et de quelques initiés. Très peu de gens savaient à quoi il ressemblait et que cet homme vieillissant, légèrement dégingandé et de peu d'apparence avec ses lunettes à grosse monture et sa chevelure clairsemée, était responsable de la conception de vitrines qui, de l'avis unanime, ciblaient à la perfection la clientèle féminine. Contrairement aux vendeuses et aux vendeurs, dont le nom s'affichait sur un badge à bordure bleue au revers de leur uniforme blanc, il restait la plupart du temps invisible ; il ne possédait ni d'ailleurs ne souhaitait un tel badge, sa fierté le lui interdisait.

Quand on changeait de décoration – ce qui demandait deux jours d'un travail intensif qui se prolongeait souvent jusque dans la nuit – on masquait les vitrines pour les isoler des regards curieux des passants. Le reste du temps, Stettler le passait avec ses collaborateurs dans le vaste atelier souterrain, où ils consacraient des semaines à travailler avec ardeur sur les éléments du décor et à peaufiner les détails. Ils se servaient de maquettes des vitrines, qui permettaient de visualiser toutes les variations possibles. (Le grand dépôt avec les accessoires et ustensiles toujours prêts à servir se trouvait quelques rues plus loin et souvent Stettler devait faire la navette plusieurs fois par jour.)

Connaître son nom n'était pas nécessaire pour apprécier la qualité de son travail, de même qu'il n'est pas nécessaire de connaître le nom d'un musicien pour être convaincu par son art. Qu'importe l'aspect de la personne, ou le patronyme qu'elle avait reçu à la naissance. Dans un cas, il suffisait d'avoir des oreilles attentives et, dans l'autre, d'avoir un regard réceptif à la beauté. Stettler, pour sa part, n'avait besoin que de la lueur ravie qu'il voyait naître dans les yeux des esthètes pour être content de lui et du monde entier. Et le bonheur d'avoir choisi cette profession entre toutes. Il l'exerçait depuis si longtemps qu'il se rappelait à peine s'il en avait un jour envisagé une autre. C'est en tout cas ce qu'il aurait dit si quelqu'un lui avait posé la question.

Le premier mercredi de décembre, lorsqu'on dévoilait les nouvelles décorations et qu'il se mêlait à la foule des badauds, la satisfaction qui se répandait en lui était aussi douce et bienfaisante que du lait chaud parfumé au miel. Il regrettait que sa mère ne puisse plus voir ça. Personne n'avait su apprécier son travail comme elle, personne ne l'avait admiré aussi inconditionnellement. Elle n'avait jamais manqué une seule fois de venir contempler ses vitrines, jusqu'à ce qu'elle fût devenue trop faible pour se déplacer, et comme sa mémoire était d'une précision intacte, elle se rappelait souvent mieux que lui les scènes qu'il avait créées dans le passé : la surface de glace réfléchissante sur laquelle trois petites filles glissaient sur leurs patins, le tas de foin dans lequel se prélassait un chat jouant avec une pelote de laine, les feuilles d'érable aux couleurs automnales couvrant le sol de la vitrine, au-dessus duquel flottait une farandole bariolée d'écharpes et de gants suspendus à des fils invisibles.

Récemment même, deux, trois jours après Noël, au plus tard le 2 janvier, les journaux s'étaient mis à révéler le chiffre d'affaires réalisé pendant la période commerciale de fin d'année. Les gens avaient une faim presque insatiable de nouvelles, peu importe lesquelles, on s'intéressait à tout, et en particulier aux choses dont on ne parlait qu'à demi-mot, et encore, quelques années auparavant : pulsions sexuelles, drogues, cancers, suicides, perversions. Chaque jour se passait une chose nouvelle, presque pire que pendant la guerre, que le soldat Stettler avait passée posté à la frontière.

Stettler vieillissait et tout le lui rappelait. Sa peau qui devenait flasque, sa chevelure qui grisonnait et se dégarnissait, les poils qui lui sortaient des narines et des oreilles, les cheveux dans son lavabo le matin, mais aussi les jeunes gens qu'il entendait dire des mots qu'il n'aurait jamais osé utiliser, des termes et des expressions qui le faisaient rougir et dont il avait d'abord souvent du mal à comprendre la signification.

Autour du 6 janvier, à la fin de la période des cadeaux, les affaires s'effondraient chaque année de façon dramatique. L'adjectif « dramatique » était alors fréquemment et volontiers utilisé même s'il ne rendait pas justice à la situation. Ce qui est prévisible n'est jamais dramatique. Ce n'est pas compliqué : le mois de janvier est le plus mauvais mois de l'année pour les ventes, pire que le mois de juillet, où les gens partent en vacances. Il fallait donc rattraper et compenser les pertes de janvier dès le mois de décembre.

Néanmoins, le chiffre d'affaires annuel progressait régulièrement depuis la fin de la guerre, malgré la morte-saison de janvier. Il croissait chaque année de quelques pour cent. Et cela, si régulièrement que Stettler se demandait parfois si un effondrement n'était pas inévitable et ce qu'il adviendrait lorsque les acheteurs comme les vendeurs seraient obligés de se serrer la ceinture. Toutefois, comme cela ne se produisait pas, la direction du grand magasin était, depuis quelques années, en mesure de payer un treizième mois à ses salariés que le fondé de pouvoir à cheveux blancs leur remettait dans une enveloppe marron à la fin du mois ; certains vérifiaient si le compte y était, d'autres, à l'instar de Stettler, n'avaient aucune raison de se défier de cet homme. C'était la personne la plus digne de confiance qu'il connût.

Stettler était chaque fois étonné de la rapidité et de la précision avec lesquelles le chiffre d'affaires était établi. L'année 1963 avait été meilleure que l'année 1962 et l'année 1967 avait été encore meilleure que l'année 1966 – et rien n'indiquait que le *boom*, c'était ainsi que l'on appelait la hausse constante de l'évolution économique, allait un jour cesser. L'époque était prospère. Tout allait mieux qu'avant. Le confort était supérieur. L'éducation était ouverte à tous. L'ascenseur social fonctionnait. Le sport et les loisirs ne faisaient qu'un. La culture et les variétés étaient partout accessibles. Au théâtre, on jouait les classiques et les contemporains, Frisch et Miller, Schiller et Shakespeare. La salle de concert municipale accueillait les grands noms, Fischer-Dieskau, Casals, Irmgard Seefried et aussi bien l'orchestre du cru que le Philharmonique de Vienne.

Stettler commençait à songer à Noël dès le mois d'août. Pendant que les autres se prélassaient au soleil sur les plages et reluquaient derrière leurs lunettes de soleil les femmes en bikini qui s'exposaient sans gêne aux regards des inconnus, lui se creusait les méninges dans son étouffant atelier pour décider où, cette année, il placerait saint Nicolas, le père Fouettard, l'âne et les anges. Comment il habillerait les mannequins, dans quel décor il les disposerait cette fois-ci ? Il se figeait pendant qu'il réfléchissait. Seule l'extrémité du crayon qu'il tenait du bout des doigts roulait d'un coin de ses lèvres à l'autre. Il avait l'impression que le goût du graphite et du bois de cèdre stimulait son imagination. De temps à autre, il croisait les jambes, ou bien il s'étirait. Ses collaborateurs baissaient la voix quand ils le voyaient comme ça. Jamais il ne bâillait. Certains trouvaient que ces phases de silence avaient augmenté depuis la mort de sa mère. Pendant qu'il travaillait, ce n'était pourtant pas à sa mère qu'il pensait, mais aux vitrines vides qu'il fallait remplir. « Remplir de vie », comme il l'expliquait à ses collaborateurs.

Il se figurait parfois que les mannequins étaient des êtres vivants. Dans son imagination, dans certains de ses rêves aussi, ils inclinaient la tête, levaient et baissaient les yeux, agitaient les mains, avançaient et reculaient comme des automates, mais de quelques centimètres à peine : ils n'avaient aucune chance de s'échapper, ils étaient prisonniers.

Son travail ressemblait au fond à celui d'un décorateur de théâtre. Sauf que personne n'était là pour lui dire ce qu'il avait à faire ou à éviter ; son unique contrainte était de tenir compte des changements de saison et des thèmes récurrents qui allaient avec : la neige, la floraison de printemps, les cloches de Pâques, le soleil, la mer, la chute des feuilles, Noël, etc. Autant de repères qui permettaient des variations à l'infini et qui posaient un défi à son imagination, sans parler des modes en perpétuel changement qu'il fallait exposer également.

Quand il était plus jeune, Stettler avait l'habitude d'aller voir ce que faisait la concurrence car cela faisait plus de vingt ans que *Les Quatre Saisons* n'étaient plus l'unique grand magasin de la ville. Trois autres avaient ouvert, qui se concurrençaient mutuellement et rivalisaient en idées nouvelles, y compris, bien entendu, en période de soldes. Ces dernières années, il s'était senti de moins en moins tenté d'aller affronter ses rivaux sur leur propre terrain. Il avait l'inébranlable conviction d'être meilleur car plus expérimenté qu'eux. Les tendances modernes ne l'intéressaient pas et les clients non plus ne semblaient pas tenir à se faire mener en bateau.

2

L'automne

Le ciel était couvert. Chaque fois que la couche de nuages se déchirait, un étincelant soleil d'automne perçait et dardait ses rayons comme à travers une loupe. Mais Lotte avait l'impression que personne ne levait les yeux. Elle avait oublié ses lunettes noires chez elle. Il y avait longtemps qu'elle ne portait plus de chapeau. Elle se sentait sans défense.

Elle avait beaucoup de mal à reconnaître Berlin dans les détails et encore moins dans l'ensemble. Qu'elle regardât par la fenêtre de sa petite pension ou qu'elle se promenât dans les rues, Berlin lui restait étranger. La gare près du zoo, où elle avait débarqué la veille après un long trajet interrompu par des contrôles agaçants aux frontières, ne lui était plus familière. Elle ne se souvenait pas d'y avoir jamais pris le train. Les gares Stettiner Bahnhof et Schlesischer Bahnhof étaient désormais loin et inaccessibles, car derrière le Mur. Il était inutile de le voir physiquement pour en sentir la présence. Elle ne l'avait d'ailleurs pas encore aperçu.

Elle avait fait le chemin du zoo à l'hôtel à pied, chose facile car elle n'avait pour tout bagage qu'une petite valise en paille couverte d'étiquettes fanées témoignant des endroits où elle avait passé des vacances ces vingt dernières années : Rome, Abano, Venise, Paris, Bad Wörishofen et Bolzano. Elle se considérait comme une voyageuse privilégiée, bien qu'elle n'eût jamais traversé l'Atlantique et ne le ferait sans doute jamais. Et voilà qu'elle revenait pour la première fois à Berlin depuis la guerre.

Elle fut tentée de repartir sur-le-champ. Elle n'avait rien à faire ici et rien à y retrouver sinon des souvenirs désagréables. La ville qui s'était gravée dans sa mémoire avait été remplacée par une multitude de détails répugnants impossibles à concilier avec le Berlin de sa jeunesse. Tout était inconnu et hostile. Certains lieux qu'elle croyait reconnaître paraissaient rétrécis, décolorés et oppressants. Soudain, des ombres tombèrent sur l'asphalte bosselé du trottoir. Qui les projetait, elle ne pouvait le reconnaître. Elle prit peur lorsqu'une horde de jeunes hommes vêtus de jeans moulants la dépassa en beuglant. Jamais encore elle n'avait vu des « blousons noirs ». Les cheveux pommadés. Puis le silence retomba. Cela sentait l'humidité et les feuilles mortes. Elle remarqua les nombreuses déjections canines et les crachats visqueux qui jonchaient le sol. Elle sentit la vieille odeur âcre du charbon de bois qui flottait d'est en ouest, d'ouest en est, au-dessus de la ville, et elle reconnut naturellement aussi le ton en permanence inamical et râleur des autochtones, incapables de décider s'il devait être offensant ou offensé. Cette fois-ci, elle n'aurait pas le temps de s'y habituer comme jadis, car elle ne restait que deux jours. Son séjour serait heureusement bref. Il n'avait rien d'indispensable. Ces retrouvailles avec la ville ne lui donnaient aucune joie, elles la plongeaient au contraire dans l'accablement et le découragement.

Merechkovski lui avait écrit et proposé une rencontre à Berlin, et Lotte n'avait accepté qu'après de longues hésitations. Il lui en voudrait si elle n'était pas au rendez-vous demain. Il savait qu'elle était à Berlin puisqu'elle avait accepté son invitation. Mais il ne pourrait rien lui faire si elle lui faisait faux bond. Si d'aventure il lui envoyait des reproches écrits, elle était libre d'ignorer ses lettres. Quant au téléphone, il était peu probable qu'il s'en serve.

Mais sa curiosité de découvrir la nouvelle Philharmonie était plus forte que sa réticence à revoir son ancien professeur. Il ne l'avait pas détruite. Combien de fois devrait-elle se le répéter : il ne l'avait pas détruite. Elle était en vie et, grâce à la musique, elle se sentait parfois presque heureuse. Il n'avait pas détruit sa foi.

Le châtiment des criminels avait été à la hauteur. Berlin avait été ravagé et beaucoup d'habitants avaient péri. On parlait de quarante mille morts. Naturellement, beaucoup de ceux qui auraient mérité de mourir avaient survécu. Ils allaient bien. Ils étaient en vie. Impossible de lire sur le visage des gens quelles atrocités ils avaient commises. On avait posé des toits sur les maisons reconstruites, comblé les trous béants et planté de nouveaux arbres, sur les feuilles desquelles était restée la poussière de l'été précédent. On avait extrait des ruines les Berlinois enterrés sous les décombres ou ensevelis par les murs effondrés. Elle connaissait les histoires.

Cela faisait longtemps que les gravats avaient été évacués et entassés dans la forêt de Grunewald où ils avaient formé une véritable colline* sur laquelle les Américains avaient érigé une station d'écoute pour espionner les mouvements militaires de l'ennemi à l'Est, elle avait lu tout cela dans un magazine. Les gens qui avaient naguère cru à une victoire qu'ils qualifiaient de « victoire finale » avaient créé une petite montagne** artificielle dont on ne verrait bientôt plus qu'elle était faite de main d'homme et, surtout, constituée de décombres. Lotte essaya de comprendre ce que cela signifiait, mais ses pensées tournèrent court. La construction du Mur était une bonne leçon qu'on s'était infligée à soi-même après la destruction.

Elle avait fait à peine deux kilomètres à pied sur le Kurfürstendamm. Les gens étaient-ils devenus meilleurs depuis la fin de la guerre ? Ils ne semblaient pas gais. Et pas libres non plus. Mais ceux que l'on croisait chaque jour dans les rues avaient-ils jamais été gais, avaient-ils été libres ? Meilleurs ?

Elle n'était pas revenue à Berlin depuis 1942. Elle avait quitté cette ville, où elle avait vécu pendant cinq

---

* Le Teufelsberg. *(Toutes les notes sont du traducteur.)*

** *Teufelsberg* signifie littéralement « la montagne du diable ».

ans en divers endroits – à l'Ouest comme à l'Est –, en 1940 et n'y était plus retournée que deux fois, brièvement et uniquement pour travailler, à la radio puis à l'Académie de chant. Elle n'avait appris que par les ondes et les journaux les premiers bombardements aériens de grande ampleur de 1943, qui détruisirent la cathédrale Sainte-Hedwige. Les photos de la ville détruite s'étaient gravées dans sa mémoire sous la forme d'un champ toujours plus vaste de briques à jamais incapables d'être de nouveau assemblées pour reformer les bâtiments qu'elles avaient constitués auparavant. Elle n'avait cependant vu ces photos qu'après la guerre : des logements inhabités et inhabitables aux façades déchiquetées et suspendues dans le vide. Un jour, une corneille ou un rapace se poseraient sur un meuble abandonné et feraient s'écrouler la maison tout entière.

Tout cela était loin du monde idyllique que Lotte habitait à présent. Elle connaissait le Berlin actuel pour l'avoir vu en photos, mais la réalité était encore plus désespérée, même si les ruines avaient été déblayées : des façades grises privées de leur stuc, des maisons raccourcies parce qu'elles avaient perdu leurs étages supérieurs, des rues qui débouchaient sur des murs et des postes de surveillance, des obstacles antichars et des barbelés ainsi que des gares fantômes désertes qui s'illuminaient brièvement dans la pénombre quand un S-Bahn ou un U-Bahn* les traversaient sans s'arrêter. Le bonheur d'y avoir échappé ne compensait pas

* Équivalents du RER et du métro.

la déception qu'elle ressentait. Elle laissa fermés les rideaux jaunis de sa chambre d'hôtel.

Prendre le taxi était un luxe qu'elle s'autorisait rarement. Cette fois, elle avait exceptionnellement décidé de se faire violence et commandé un taxi au concierge. Au besoin, elle fermerait les yeux pour ne pas voir ce qu'elle n'avait pas envie de voir. C'était plus facile à faire que dans un bus. De plus, elle ne voulait demander à personne quel chemin et quel mode de transport prendre.

L'hôtel sur la Meinekestraße n'avait pas de portier et le concierge ne se donna pas la peine de quitter la réception pour l'accompagner à l'extérieur, elle ouvrit donc toute seule la portière du taxi. Le conducteur la pria de monter, lui-même resta assis. La fumée de la cigarette rougeoyante qu'il avait au bec la frappa en plein visage. Lotte le pria de la conduire à la Philharmonie, ce qui déclencha aussitôt chez lui un flot de paroles auquel elle ne s'était pas attendue. Il posa une infinité de questions et répondit lui-même à la plupart d'entre elles. Il savait ce que l'on allait donner (la *Neuvième* de Beethoven), qui la dirigeait (Karajan, bien sûr), comment on avait testé l'acoustique (en tirant des coups de pistolet), que le revêtement extérieur du bâtiment n'était encore que provisoire et que sa femme avait des billets pour un concert ultérieur (pour elle et pour sa meilleure amie). Lotte le pria de baisser la vitre car elle avait besoin d'air frais et se contenta de le laisser parler. Il accéda à sa demande et elle s'efforça vainement de savourer le trajet en taxi sans laisser paraître son inquiétude devant le compteur qui tournait. Elle se sentait observée, comme toujours lorsqu'elle avait recours à des inconnus. Chaque fois que les chiffres du compteur tournaient avec un claquement, elle croyait entendre son cœur battre plus vite. Elle essaya de respirer lentement et calmement, mais elle fut incapable de se détendre. Pendant ce temps, le chauffeur de taxi émettait un chapelet de suppositions sur les raisons de la démission d'Adenauer, qui avait eu lieu quelques heures auparavant. Lotte, qui ne s'intéressait pas particulièrement à la politique, dit :

« Nous nous étions habitués à lui.

– Quelle journée, dit le chauffeur, on inaugure notre nouvelle Philharmonie et le Vieux démissionne.

– Oui, ce n'est pas banal », remarqua Lotte distraitement.

Elle se souvint de la lettre de l'admirateur inconnu qu'elle avait reçue une semaine auparavant. Elle avait décidé de lui répondre car ce qu'il écrivait était agréable. On ne pouvait s'y tromper : il s'était efforcé de trouver les mots justes. Ils paraissaient avoir été choisis avec soin. Lotte avait besoin d'en parler avec quelqu'un. Qui de plus indiqué qu'un inconnu ? Et pourquoi pas celui-ci ? Il semblait cultivé et avoir l'âge requis.

A posteriori, les heures passées au milieu de la foule innombrable des invités à la première lui parurent un rêve dont les détails s'étaient évanouis à son réveil ; ce qui lui restait en mémoire, c'étaient des visages isolés, des rires aigus, le tintement de verres qui s'entrechoquaient, mais surtout des applaudissements soutenus et l'architecture inhabituelle du foyer et de la salle. Tout cela s'emmêlait à présent, elle ne se souvenait plus que de la musique qu'elle avait entendue, et, naturellement, de l'homme malingre de prime abord, vers lequel tous les regards s'étaient tournés lorsqu'il monta sur l'estrade, et plus encore lorsqu'il leva sa baguette et que le public se tut instantanément alors que les musiciens se mettaient à jouer. Tout le monde avait conscience de l'importance de l'événement.

Elle avait reconnu Merechkovski sur-le-champ, bien qu'il eût beaucoup vieilli. Il n'avait presque plus de cheveux, et les rares mèches qu'il lui restait étaient teintes de manière grotesque.

3

L'été

Stettler était assis sur son balcon. Il y avait place pour deux chaises, une petite table et du lierre en pot dont les racines s'agrippaient au crépi tandis que les tiges grimpaient le long du mur. L'avantage du balcon couvert, qui faisait penser à une boîte étroite, c'était sa situation et la vue qu'il offrait. Stettler pouvait voir la vieille ville à quelque distance, suivre le cours de la rivière d'un vert profond qui disparaissait derrière les maisons, et distinguer nettement la flèche de la cathédrale puis les montagnes au loin. Quand Stettler était assis sur son balcon – toujours seul depuis la mort de sa mère car il n'avait pas d'amis qu'il aurait pu inviter – il se sentait à l'abri, en sécurité et libre. Ici, il était invisible.

S'il ne voulait pas être dérangé, il suffisait de tourner la tête ou de fermer les yeux. Il aimait lire le journal, mais rarement des livres. Il avait mis plusieurs mois pour finir les *Mémoires* de Churchill.

Il aimait aussi s'y installer pour écouter de la musique. Elle lui parvenait du poste de radio par la porte ouverte du salon, pas trop fort pour ne pas déranger les voisins mais assez fort pour pouvoir en saisir les plus infimes nuances.

Pour rien au monde il n'aurait voulu changer d'appartement ou vivre ailleurs. Le quartier était tranquille le jour et silencieux la nuit, aussi son sommeil était calme et profond.

Le journal était posé sur la table, l'odeur âcre de l'encre d'imprimerie agressait ses narines et faisait larmoyer ses yeux. Il aimait cette odeur malsaine.

Il ouvrit le journal et se mit à lire. D'abord les pages régionales, puis les actualités nationales et internationales, enfin la météo. Il garda la culture pour la fin, survola les pages économie et finances sans toutefois les ignorer complètement. Il lisait de façon sélective, faisait la part des choses, comparait, triait. Sa lecture était aussi méticuleuse que son travail. Il avait un œil pour tout, pour ce qui était important comme pour ce qui ne l'était pas. Il ne sauta même pas les publicités. Elles faisaient partie de sa vie. Il se gratta le ventre à la dérobée comme si quelqu'un pouvait l'observer. Sa mère n'avait jamais toléré les gestes obscènes, qu'elle qualifiait d'indiscrets. Elle avait été une femme distinguée en dépit de ses origines modestes.

Il écoutait souvent de la musique, mais sans la suivre vraiment. Quand il se surprenait à n'écouter que d'une oreille distraite et que seules des bribes sonores lui parvenaient, comme s'il ne captait que des syllabes isolées de mots entiers ou quelques paroles éparses arrachées à des phrases entières, il s'en voulait de son incapacité à se concentrer vraiment. Laisser jouer des musiciens sans les écouter équivalait à une véritable trahison, même si les enregistrements avaient été faits voilà des semaines, des mois, voire des années. C'était comme laisser parler un interlocuteur sans écouter ce qu'il disait.

Une voix masculine annonça la diffusion de *Jeux d'eau* de Maurice Ravel, une œuvre pour piano qu'il avait déjà entendue à deux reprises et qu'il écoutait pour la troisième fois. Cette fois, il ne fut distrait par rien en dehors de la musique elle-même – toute son attention fut dirigée vers elle, rien que sur elle –, un tourbillon sonore dynamique et enjoué, presque enfantin, qui évoquait une lumineuse image estivale de jets d'eau et de cascades dans un grand bassin en marbre en forme de coquillage. Ce que la pianiste Lotte Zerbst savait faire naître des notes se transformait comme par magie en images. Stettler crut sentir sur sa peau les gouttes et les filets d'eau qui rafraîchissaient le corps accablé par la chaleur ; le vent qui soufflait sur l'eau la frisait et la lissait. Les passages argentés et sinueux, le scintillement et l'éclat des tons dessinaient devant son œil intérieur des surfaces aquatiques animées, des fontaines qui jaillissaient et retombaient, des bulles qui éclataient, avant que, sous les doigts de la musicienne invisible, les eaux s'apaisent à nouveau. Quel être singulier devait être une personne capable de s'exprimer de cette façon ?

Il décida d'écrire à la pianiste. Il en avait depuis longtemps l'intention car il l'avait souvent entendue à la radio mais, chaque fois, il avait laissé tomber cette idée. Cette fois-ci, il le ferait.

Stettler n'avait rien d'un épistolier, il n'avait pas l'habitude de s'exprimer par écrit. Les rares fois où il l'avait fait se comptaient sur les doigts de la main.

Il avait écrit une fois à sa mère en 1944, pendant son service militaire, sans révéler l'endroit où sa compagnie était stationnée, car on avait formellement interdit aux soldats de le faire. Quiconque contrevenait à cette consigne – les lettres étaient ouvertes, lues et, si nécessaire, censurées – risquait la prison. Trente années avant, il avait écrit une lettre de candidature pour le poste aux *Quatre Saisons*, ce qui lui avait demandé un grand effort car elle devait être inattaquable à la fois sur le contenu, la grammaire et l'orthographe. Il n'avait écrit qu'une seule lettre d'amour, il s'y était livré tout entier, sans retenue, comme s'il s'en remettait au diable en personne. Cela ne lui avait pas réussi.

Sa mère n'avait pas répondu à sa lettre au ton désagréablement distant et il ne s'attendait pas à ce qu'elle le fasse. Comme on l'attendait d'un soldat, il avait parlé de fleurs et de la bonne camaraderie qui régnait entre lui et les autres soldats (mais pas des dangers qui les guettaient ni de l'attente épuisante de l'inconnu) ; en cela, il avait fait comme ses camarades, qui avaient écrit à leur mère, leur fiancée ou leur épouse combien les fleurs étaient jolies et combien l'esprit de camaraderie les soudait entre eux. En réponse à sa candidature, *Les Quatre Saisons* l'avaient invité à se présenter sans tarder à un entretien qui avait conduit sans délai à son embauche ; elle fut signée au terme d'une période d'essai de trois mois (Bickel était content de lui, même s'il n'en montrait rien) ; il fut même présenté au vieux Schuster, qui l'avait examiné d'un air approbateur avant de hocher pensivement la tête, ce qui fut interprété comme un consentement. Seule la fille, dont il était amoureux au point de se laisser aller à lui écrire une lettre enflammée, lui devait toujours une réponse ; il attendait toujours de recevoir ne serait-ce qu'un sec refus ; bien entendu, il n'attendait plus vraiment, c'était fini, tout ça remontait à bien trop longtemps, l'image de la jeune fille, qu'il n'aurait probablement pas reconnue sous les traits de la vieille femme qu'elle avait dû devenir, s'était peu à peu effacée, et il n'était pas fâché qu'il en fût ainsi. Elle avait soit ignoré, soit refusé de prendre au sérieux, sa lettre, où il lui avouait sa passion sans limites avec des mots enflammés – des mots qu'il n'avait jamais prononcés ni écrits auparavant ou ensuite – peut-être même n'y avait-elle pas vraiment prêté attention. Peut-être l'avait-elle tout simplement froissée et jetée sans même la lire. Il connaissait le pouvoir des mots et, plus encore, leur impuissance. Il regarda la flèche de la cathédrale, à la pointe de laquelle étaient perchées deux corneilles aussi immobiles que des statues.

Stettler se mit à réfléchir à la façon d'éclairer la vitrine décorée de douzaines de tapis qui serviraient de fond aux tissus, couvertures et coussins de cet automne. Comme *Les Quatre Saisons* ne vendaient pas de tapis, ils avaient collaboré avec le plus grand magasin de tapis de la ville afin de disposer d'un grand choix de couleurs. Diverses lampes venues du rayon luminaires donneraient une note réaliste à l'ensemble tout en éclairant les objets le plus théâtralement possible. Stettler fixerait les tapis là où les Orientaux n'avaient pas coutume de les placer, sur les murs et aux plafonds. Cette disposition donnerait une sensation de chaleur et de confort, pour préparer l'humeur des passants à l'hiver qui s'annoncerait.

Le soir commença à tomber. Il avait des fourmis dans le bras droit. Il devait s'être ankylosé. Il dîna seul, comme toujours.

Lorsqu'il se rendit, une demi-heure plus tard, dans la chambre de sa mère – il avait déjà fini de manger – il faisait déjà nuit.

La pièce n'avait pas changé depuis la mort de sa mère. Il s'assit au secrétaire, le meuble qu'elle avait toujours préféré et devant lequel elle avait souvent passé des heures, et baissa l'abattant. Il prit une feuille blanche et un crayon et traça les premières phrases d'une lettre adressée à la

Très estimée et très chère madame Zerbst,

Depuis bien longtemps déjà, le besoin germe en moi de vous exprimer, avec mes pauvres mots mal dégrossis, combien je vous admire. Oui, je vous admire, plus qu'aucun être au monde. J'admire votre art du toucher et de l'expression, j'admire l'abondante palette sonore que vous déployez, sans parler bien entendu de votre impressionnante technique. Pour ma part, je ne suis naturellement, vous l'aurez sans doute deviné, qu'un profane en la matière et qui s'exprime comme tel, j'espère pourtant que vous ne verrez pas dans mes propos des compliments faciles, ils ne le sont pas. Puissiez-vous lire en eux mon impératif besoin de m'exprimer, auquel je cède dans cette lettre même. J'espère que vous aurez la générosité d'excuser mon audace et de la prendre pour un signe de ma grande estime et non pas pour une sottise. Jamais une femme ne m'a autant impressionné. Je suis ravi de pouvoir écouter depuis des années votre merveilleuse façon de jouer.

Lorsque Stettler relut la lettre le lendemain une première fois puis à plusieurs reprises, les lignes ne lui parurent plus rien révéler des efforts qu'elles lui avaient coûtés. Il se doutait naturellement qu'elle recevait tous les jours des lettres d'admirateurs, elle était après tout une véritable vedette à l'instar des actrices ou des chanteuses célèbres, mais après avoir relu sa missive plusieurs fois, il ne revint pas sur sa décision. Il recopia le brouillon au stylo-plume et posta la lettre le matin suivant. Dès lors, il ne lui restait plus qu'à attendre.

Au cours de ses relectures, il avait ressenti de la fierté. Il avait peut-être eu tort de s'être abstenu d'écrire pendant toutes ces années. Peu importe qu'une lettre soit écrite aisément ou laborieusement, il en résulte toujours quelque chose de pérenne. On pouvait faire plaisir ou de la peine à autrui par ce moyen. Ainsi l'affront qu'il avait subi l'avait empêché pendant des années d'écrire des lettres. Il repensa à Gerda, la jeune femme dont le silence obstiné l'avait tellement blessé. Il ignorait ce qu'elle était devenue. Vivait-elle toujours ici ? Elle avait certainement dû se marier et mettre des enfants au monde, une femme comme elle ne reste pas célibataire et trouve le bonheur, alors qu'un homme comme lui – il perdit le fil de cette pensée.

Après la mise au propre, une ultime relecture, et enfin la signature, il glissa la lettre dans une enveloppe en papier vélin qu'il avait trouvée parmi les affaires de sa mère et l'adressa à la radio Süddeutscher Sender, qui annonçait toujours Lotte Zerbst comme « notre pianiste radio* ». Les speakers semblaient avoir des rapports familiers avec elle et présentaient – « notre pianiste maison, Lotte Zerbst » – sur un ton qui aurait convenu à une sœur ou une proche parente. Probablement les speakers et la pianiste se rencontraient-ils dans les couloirs du studio, que Stettler imaginait sombres, loin du monde et discrets ; les bruits extérieurs n'y pénétraient pas, tout était insonorisé. Il n'oublia naturellement pas d'inscrire sa propre adresse en caractères d'imprimerie au dos de l'enveloppe. Son écriture était nette et lisible. Sa mère, qui s'était rarement répétée, avait toujours affirmé qu'il écrivait comme un architecte.

Il essaya de l'imaginer. Elle devait être plus jeune que lui. Il allait sur ses soixante ans, il lui restait six ans avant la retraite. Il aimait son travail, mais il n'avait pas l'intention d'y rester un jour de plus, à moins qu'on ne le lui demande avec insistance, ce qui ne serait pas le cas.

---

* En ces temps-là, les stations de radio employaient encore des pianistes pour interpréter des morceaux en direct ou en différé.

Quant au nom de famille de la musicienne, il ne lui évoquait aucune provenance géographique précise*.

Dans l'espoir de tomber sur une photographie d'elle, il avait demandé ses enregistrements au rayon musique des *Quatre Saisons*, mais Albert le vendeur n'avait rien trouvé. Lotte Zerbst ? Ça ne lui disait rien. Albert refusait farouchement d'écouter la radio. Il n'écoutait que des disques. Or elle n'en avait enregistré aucun. Stettler crut discerner une nuance de dédain dans la voix d'Albert, comme s'il ne jugeait pas nécessaire de connaître des artistes qui n'avaient pas de disque à leur actif.

Stettler avait une idée assez précise de sa façon de s'habiller : peu voyante, pas trop élégante, confortable au quotidien, plutôt en gris qu'en noir, rarement en blanc, sauf pour les blouses bien sûr ; en ce qui concernait les bijoux, c'était tout au plus une modeste broche. En concert, des robes de bon goût, pas de décolleté, un collier de perles. Pas de chaussures à talons.

Il avait écarté d'emblée l'idée de lui demander une photo dédicacée. Et si elle n'en avait pas ?

Un visage étroit, un petit nez, des yeux brillants. Une raie au milieu, d'aspect assez sévère. De beaux pieds à l'aise.

Stettler ne connaissait pas davantage le Sud de l'Allemagne que le Nord. Elle vivait sans doute dans le Sud.

---

* Zerbst est une ville de Saxe-Anhalt, ancienne capitale d'une principauté. À l'époque où se déroule le roman, elle se situait en Allemagne de l'Est.

Vivre comme lui au centre d'un pays signifiait n'avoir aucun contact avec les confins. Pendant la guerre, quand ils étaient stationnés à la frontière, on avait observé la plus grande distance avec les voisins. On n'entrait pas chez eux – ni eux chez nous. À cette époque, ils n'étaient plus des étrangers, mais des ennemis.

Aujourd'hui, on pouvait se sentir en sécurité. L'étranger était réservé à ceux qui quittaient leur patrie.

Ce n'était pas son cas, il préférait rester. Il se contentait des montagnes et des lacs du pays dans lequel il avait grandi et qu'il trouvait assez vaste pour lui. Il était heureux de ne pas avoir à traverser des territoires dans lesquels il n'aurait pas pu demander son chemin. Son français était correct mais il n'avait aucune notion d'anglais.

Bien qu'il ne soit pas exclu que Lotte Zerbst fût mariée, il lui paraissait plus vraisemblable qu'elle fût célibataire et, par conséquent, sans enfants. Il lui paraissait improbable qu'une kyrielle d'enfants coure autour de son piano pendant qu'elle répétait.

Mais il n'était pas possible d'apprendre quoi que ce soit sur elle tant qu'elle n'avait pas répondu. Mais allait-elle répondre ? Sa lettre était un hommage à ses talents de musicienne, une révérence, le compliment d'un admirateur inconnu, il n'y avait pas de raisons d'y répondre. Mais il n'y avait pas davantage de raisons de ne pas y répondre.

Une semaine plus tard, il reçut une lettre dans une enveloppe oblongue. La pianiste le remerciait cordialement, sans exubérance ni condescendance, elle écrivait qu'il était rare dans son métier de recevoir un hommage formulé de façon si avertie, elle s'en était réjouie et espérait être capable de continuer à proposer le haut niveau qu'il avait raison d'exiger d'une artiste comme elle. *C'est un défi quotidien, mais beau*, écrivait-elle, comme s'ils se connaissaient de longue date.

Stettler fut submergé par l'émotion. Il réalisa qu'il ne s'attendait pas du tout à recevoir une réponse, et encore moins quelques lignes aussi personnelles. Il s'installa sur son balcon et relut la lettre une deuxième fois, et pendant que ses yeux survolaient encore le papier, les phrases qu'il comptait lui écrire se formaient déjà dans sa tête, même si sa lettre ne contenait pas une invitation explicite à répondre. La nuit suivante, pour la première fois depuis des années, son sommeil fut agité.

4

L'été

Elle connaissait le nom de Sergueï Merechkovski depuis qu'elle faisait du piano, bien qu'il eût abandonné sa carrière alors qu'elle n'avait que dix ans. Tous ceux qui jouaient de cet instrument connaissaient Merechkovski, qui était parvenu à fuir la Russie révolutionnaire pour se réfugier à Berlin, un homme filiforme aux yeux ardents lourdement cernés de noir, dont le seul professeur, en dehors de sa mère, avait été Josef Hofmann, l'unique élève d'Anton Rubinstein. Son style, disait-on, était bien plus qu'une réminiscence de l'ombre grandiose de Rubinstein, qui planait constamment au-dessus de lui. Son jeu était unique, la musique semblait naître à l'instant où ses doigts la produisaient, chaque note paraissait créée par cet homme qui se *déchaînait* sur son clavier, comme le remarquaient certains critiques qui qualifiaient les libertés qu'il prenait dans l'interprétation des œuvres d'attitude arrogante et arbitraire, qui ne respectait pas les intentions explicites des compositeurs.

On avait abondamment spéculé sur les raisons qui l'avaient incité à mettre prématurément fin à ses récitals publics, dès le début des années 1920. D'innombrables rumeurs circulèrent longtemps où il était question d'une comtesse catalane ou castillane dont il s'était entiché et qui l'avait sommé de choisir entre les estrades des salles de concert et l'espoir de partager son alcôve. D'autres légendes faisaient état d'un mystérieux mal physiologique ou psychologique qui ne lui avait pas laissé d'autre solution que de se retirer. On racontait qu'il s'était plusieurs fois évanoui au cours de ses concerts monstres, dont la longueur atteignait souvent quatre heures (« trop de *rubato* et pas assez de *ritardando* », reprochaient certains, « trop de salade à la russe », se gaussaient les autres, qui trouvaient indigestes les divers ingrédients allant des virginalistes des Pays-Bas à Tchaïkovski en passant par Beethoven), et on en concluait éventuellement qu'il souffrait d'épilepsie, de phtisie ou de syphilis, au lieu d'attribuer plus logiquement ses malaises à son surmenage. Rubinstein également en avait été frappé en son temps, poussé lui aussi par une semblable ambition titanesque. On nourrit longtemps l'espoir que Merechkovski remonte un jour sur la scène, comme beaucoup d'autres avant lui et après lui, mais il n'en fit rien. Il ne sombra pas pour autant dans l'oubli.

L'argent ne jouait aucun rôle, Merechkovski en possédait manifestement à foison – tout en passant pour fort avare. Il menait une vie de grand seigneur quoique recluse, servi par une succession ininterrompue de domestiques visiblement terrorisés, une vie dans laquelle aucune comtesse ne jouait le moindre rôle bien qu'il ne fût visiblement ni malade ni détraqué. Il avait pris beaucoup de poids en trente ans – il avait été grassouillet dans son enfance – et avait perdu une partie de son héroïque chevelure en bataille, dont seules les photos, distribuées avec prodigalité dans le grand salon contenant le piano à queue, continuaient à témoigner. Il n'en devint toutefois ni médiocre ni ordinaire. Il restait à nul autre pareil. Quand il se promenait à travers Charlottenbourg* avec sa grande canne, son écharpe jaune citron et son chapeau mou noir, il attirait immanquablement les regards. Tout le monde se retournait sur son passage. Ceux qui ne le connaissaient pas le prenaient sans doute pour un ténor ou un acteur. On racontait que des légions de jeunes pianistes se rendaient en pèlerinage chez lui pour prendre des leçons ou recevoir des conseils ; il renvoyait la plupart d'entre eux après quelques mesures à peine. On le disait difficile, cher, capricieux – et résolument hostile aux pianistes femmes ; il avait coutume de déclarer que le mal avait commencé avec Clara Schumann et était devenu un véritable fléau avec la multiplication des bourgeoises aisées, si bien qu'on ignorait comment cela allait finir.

Lotte avait quitté à contrecœur ses parents et ses frères à Bamberg pour se rendre à Berlin sur la recommandation de son professeur, abandonnant

* Quartier de Berlin depuis 1920, auparavant grande ville autonome. Également surnommé Charlottengrad sous la république de Weimar en raison de la forte présence d'émigrés russes.

une petite ville à l'écart du monde, dont le moindre recoin lui était familier, pour la grande ville inconnue où tout était étranger à ses yeux. D'un paysage où se nichait une ville, elle passait à une capitale dont les confins étaient la rase campagne. Un jour, son professeur lui avait expliqué que son travail était terminé, qu'il lui fallait un véritable maître capable de lui enseigner, au-delà de la technique, toutes ces choses qu'il ne pouvait, pour sa part, guère lui apprendre. Il avait mentionné Merechkovski. Il avait été le premier à citer son nom.

Elle fut d'abord sous-locataire d'une dame de la petite noblesse, qui accordait une grande importance à sa position moralement et socialement hors du commun de veuve irréprochable d'officier. L'appartement spacieux était proche du Kurfürstendamm, et elle n'en découvrit jamais les dimensions réelles, pas plus que la distribution et le nombre de pièces : huit au moins, supputait-elle… Elle ne connaissait que le vestibule, le salon qui donnait sur une sombre arrière-cour*, la salle de bains et sa propre chambre où se trouvait un piano qu'elle ne pouvait utiliser qu'à des heures bien précises. Comme il n'y avait pas de table d'hôtes, elle ne connaissait pas non plus tous les habitants, elle ignorait même combien il y en avait. La salle à manger et la cuisine, où la veuve, une femme de haute taille qui dissimulait habilement son pied bot, prenait ses repas, seule, sous les yeux d'un canari,

* Ce genre de pièce est justement appelé « chambre berlinoise » *(Berliner Zimmer)*.

restaient interdites. « Je ne me suis jamais chargée du couvert, avait expliqué la propriétaire à Lotte à la fin de leur entretien. Je ne suis ni cuisinière ni femme de ménage, c'est donc à vous de prendre soin de votre chambre. » Cette pension aurait au fond pu être qualifiée d'asile de bon standing. Un asile pour hommes et femmes. Lotte se demandait parfois qui nettoyait les chambres des messieurs. En tout cas, ce n'était pas la baronne von Moll, comme elle tenait à être appelée, bien qu'elle eût perdu ce titre par son mariage avec un roturier nommé Wetzloff.

Lotte se levait tôt pour ne pas avoir à croiser les autres sous-locataires, mais ce genre de rencontre ne pouvait pas toujours être évitée. L'appartement avait beau paraître immense, il se réduisait considérablement dès que la salle de bains était occupée. La nuit, avant de s'y rendre, Lotte guettait un bruit éventuel de pas derrière la porte. Peu de choses lui étaient plus désagréables que de croiser en pleine nuit un autre pensionnaire dans un couloir obscur ou, pire encore, devant la porte des toilettes, elle frappait toujours trois fois avant d'appuyer sur la poignée. Une nuit, elle s'en souvenait encore des décennies plus tard, elle avait croisé un vieil homme décharné vêtu d'une pauvre chemise de nuit blanche, dont la bougie baignait d'une lueur fantomatique le visage aux reflets bleuâtres et couvert de transpiration. Elle ne l'avait jamais vu et ne le revit plus jamais. Il hanta néanmoins ses rêves pendant des années.

Elle ignorait heureusement lorsqu'elle se présenta chez Sergueï Merechkovski en quelle piètre estime il tenait les femmes pianistes, mais il le lui fit bien vite sentir. Ses mimiques et son attitude tout entière reflétaient sa lutte mentale entre l'appréciation (ou du moins l'approbation) et la mauvaise grâce. Il se tenait assis, le buste rejeté en arrière, la tête appuyée sur le capitonnage de son fauteuil Voltaire bordeaux qu'il occupait tel un énorme dogue guettant sa proie, devant le Bechstein qu'il ne touchait jamais (il refusait de jouer quoi que ce soit à ses élèves). Le visage charnu, qui avait perdu toute jeunesse, semblait s'enfoncer entre les plis qui se formaient au bord de son crâne et sur son col blanc amidonné.

Le Russe éminent lui demanda de jouer des extraits de la *Sonate en sol majeur* de Tchaïkovski et de la *Fantaisie en fa dièse mineur* de Mendelssohn, deux morceaux qu'elle maîtrisait assez pour en faire état dans sa lettre de candidature. Elle se jeta dans l'aventure sans hésiter.

Calé dans son fauteuil, Merechkovski prit un air peiné, si bien que Lotte faillit renoncer à son audition. Mais la force de sa volonté et les hochements de tête encourageants de la femme debout derrière le Russe l'empêchèrent d'abandonner prématurément.

Après que Merechkovski eut requis « un Mozart lent » et qu'elle eut joué près de la moitié de la *Fantaisie en fa mineur*, il frappa brusquement et sèchement de sa canne, dont il serrait le pommeau de sa main gauche, le parquet déjà meurtri à cet endroit, et Lotte s'interrompit, comme il le souhaitait manifestement. Il lui dit alors le fond de sa pensée. « Je n'aime pas les femmes qui jouent du piano. Je ne dis pas que je les hais, dit-il d'une voix blanche et presque chevrotante. Je suis cependant absolument convaincu qu'elles sont superflues – il mit l'accent sur chaque mot –, une erreur dans le plan de la nature, si tant est qu'il soit opportun de parler d'un plan, et de la nature en général, là où tout doit être art. Aucune pianiste ne peut se mesurer à sa concurrence masculine, aucune, sauf peut-être Clara Wieck*. Peut-être ! À moins qu'il ne s'agisse d'un malentendu, venant d'un siècle où l'on s'inclinait bien bas devant les femmes dès qu'elles posaient leurs doigts quelque part, y compris sur les touches d'un harmonium, un siècle d'ailleurs que nous ne connaissons guère. Nous n'avons jamais entendu Clara Wieck jouer. À quoi son jeu ressemblait-il ? Nous n'en savons strictement rien. Nous n'en avons pas la moindre idée. Même un disque ne nous apprendrait pas grand-chose, s'il y en avait eu à cette époque. Aucune Russe n'a jamais joué du piano en public. Il n'existe pas de pianiste russe en jupons. L'excès de sentiments a toujours été un obstacle à l'art. Vous savez broder ? Vous servir de vos mains pour autre chose que le piano ? Faire la cuisine ? Le ménage ? Le bonheur d'un homme ? Je l'espère pour vous. Je l'espère très fort. Car seul le ciel connaît votre avenir. »

Il parlait avec un fort accent et ponctuait certaines syllabes d'étranges clappements qui n'étaient pas produits par sa langue mais se formaient quelque part dans son pharynx. Sa voix était dure et stridente et plutôt aiguë pour un homme de sa corpulence, comme si

* Clara Wieck (1819-1896), épouse Schumann.

son cou épais pressait sa voix vers le haut ; il s'éclaircissait fréquemment la gorge mais en vain. Lotte se sentit plus mal à l'aise que jamais et presque libérée d'un grand poids lorsqu'il dit : « Vous n'avez pas besoin de répondre. C'est vous qui avez posé les questions. En jouant. Recommencez depuis le début. »

Elle était debout devant l'instrument comme devant une tombe ouverte, elle respirait l'air confiné – toutes les fenêtres étaient fermées, on était au mois de mai, il faisait chaud dehors –, subissant les invectives démesurées sans broncher, ne sachant quoi répondre puis elle se rassit devant le piano. Que pouvait-elle bien faire d'autre ? Elle respira cet air humide de tombe nivelée et résista à la tentation de s'enfuir en courant. Elle n'avait pas compris tout de suite qu'il ne remettait pas fondamentalement en cause son talent.

« Recommencez depuis le début. »

À compter de ce jour, elle vint chez lui deux fois par semaine.

Sergueï Merechkovski exigeait une ponctualité absolue. Cela ne lui coûtait aucun effort, elle en avait l'habitude, cela fait partie d'une vie bien ordonnée. Elle non plus ne pouvait pas vivre sans ordre. Sa chambre était aussi rangée que sa vie. Rien ne déviait du droit chemin. Elle s'asseyait tous les jours au piano dans sa chambre et travaillait. Ses expériences se limitaient au temps qu'elle consacrait à son instrument, à sa science pianistique, au doigté et à l'usage des pédales, pendant lesquelles personne ne l'observait et où elle restait plongée dans des pensées impossibles à retenir. L'unique certitude, c'étaient les notes sur le papier devant elle.

Elle ne se souvenait pas de la moindre critique, de rien, alors qu'il devait y avoir une infinité de choses à critiquer dans son jeu. Elle ne tenait pas un dialogue intérieur avec son professeur, ni au sujet des notes, ni au sujet de l'interprétation.

Dans sa mémoire, tout s'était agglutiné en une sorte de bouillie épaisse qui rendait impossible tout retour en arrière, il y avait des images isolées et de vagues sensations, à peine des mots n'expliquant quoi que ce soit. Elle était toujours installée au piano, travaillait et jouait, comme si la répétition permanente des mêmes morceaux était le plus important devoir du musicien. Vissée au tabouret, le regard droit devant elle, elle ne se retournait jamais vers son maître. Elle l'entendait respirer, frapper et exiger. Il soufflait bruyamment, l'interrompait et tenait de longs discours qui semblaient suivre une ligne ascendante. Pas un instant il ne paraissait absent ou distrait. Il était aussi attentif qu'un surveillant.

Au bout d'une semaine, ils furent seuls. La femme, qu'elle avait d'abord prise pour « la maîtresse de maison » – quoi que pussent signifier ces mots –, ne se montra plus. Elle était peut-être partie en villégiature au bord de la mer. Merechkovski n'en parlait jamais et Lotte n'aurait jamais eu idée de demander de ses nouvelles. Leur relation était tout sauf amicale ou personnelle, Lotte était une invitée dans un appartement étranger, seul le grand Bechstein lui était à la rigueur familier.

Elle ne revit jamais cette femme. Elle n'apprit pas comment elle s'appelait, ni si elle était allemande ou russe. Merechkovski ne fit jamais allusion à elle. Elle avait toujours porté des gants noirs.

Lotte ne restait jamais plus de deux heures. Il ne lui accordait aucune pause, elle n'en avait pas besoin. Elle n'avait qu'à se reposer chez elle, lui avait déclaré Merechkovski lors de leur première séance, et elle s'y tenait. Elle venait pour travailler. Passer deux heures en sa compagnie n'était pas une partie de plaisir, mais elle tenait bon. Chaque minute était un enrichissement, un pas de plus vers la réussite. C'était pour cela qu'elle était son élève et qu'il était son professeur.

Il n'ouvrait jamais les fenêtres. Ce que Merechkovski qualifiait d'air frais provenait des *papiers d'Arménie* qu'il faisait brûler en généreuses quantités. Ses visiteurs étaient constamment frappés par cette odeur douce et suffocante de *rose*. Même à la fin du mois de juin, alors qu'il faisait exceptionnellement chaud et lourd pour la saison et que le moindre courant d'air aurait été le bienvenu, les fenêtres restaient fermées. Après avoir surmonté la répugnance qu'elle avait éprouvée de prime abord, elle s'était presque habituée à cette atmosphère. Chez lui, elle portait des vêtements aussi légers que possible.

Enveloppé dans un épais velours noir et assis dans son fauteuil rouge, Merechkovski se dispensait du naturel. Le naturel, proclamait-il, n'était pas une création humaine, « l'homme a créé la guerre et la musique, l'art, l'argent et l'intrigue, le chien de berger, l'automobile et le théâtre, le pianiste et le chef d'orchestre.

La nature n'est bonne, au mieux, qu'à anéantir tout cela ».

Un jour, Merechkovski, qui, jusque-là, était resté assis dans sa forteresse capitonnée comme s'il y était ficelé, s'était levé de son fauteuil au moment où elle jouait fortissimo la sonate *Waldstein* de Beethoven. C'était si inattendu qu'elle tressaillit lorsqu'elle le sentit debout dans son dos. C'était comme si le dogue s'était subitement dressé et avait posé ses grosses pattes sur ses épaules, elle sentit son haleine sur sa nuque, ses mains étaient aussi lourdes que des bûches.

Elle continua de jouer, confuse, puis elle perdit le fil et dut improviser. Merechkovski parut ne pas s'en apercevoir, il ne fit en tout cas aucune remarque. Il restait muet. La conscience d'être adulte, qu'elle avait senti s'affermir un peu au cours de ses premiers jours à Berlin, s'évanouit d'un seul coup. Lotte s'étiola et redevint une petite provinciale qui ne savait pas quel comportement adopter. L'index de sa main droite glissa. Les bouts de ses doigts étaient moites. Ils n'adhéraient plus au clavier. Lotte s'efforça de se concentrer et elle parvint à se reprendre. Pendant ce temps, les doigts de son professeur se frayèrent un chemin de son épaule jusqu'à sa poitrine. Elle poussa un cri lorsqu'il atteignit ses mamelons. Beethoven ne lui fut d'aucun secours. Le piano n'était plus qu'une rangée de touches.

Il dit « *presto* », bien qu'elle n'eût pas le souvenir d'une telle indication dans la partition.

Et soudain, son haleine sur sa peau fut brûlante comme s'il la caressait avec une mèche incandescente.

Elle sentit un baiser humide sur sa nuque. Elle cessa de jouer, posa les mains dans son giron et se laissa faire. Pour la première fois, elle était touchée par un homme autre que son père.

Se défendre était futile, elle n'opposa aucune résistance. Elle prit conscience – pas en cet instant atroce, plus tard – qu'elle n'avait jusque-là pas eu d'autre objectif que de devenir une pianiste célèbre. Elle avait dix-neuf ans. Elle n'avait pas réfléchi une seconde à son avenir de femme. Merechkovski la saisit par les épaules et les cheveux et la retourna vers lui ; on lui avait parfois parlé de la guerre ; plus tard, elle entendit parler de femmes qui n'avaient pas été blessées par des fusils mais par la simple présence des hommes ; une attaque-surprise. Par le charisme, l'abus de force, la violence et le sexe, des notions qui lui étaient alors encore étrangères.

Il pressa ses lèvres sur les siennes et introduisit sa lourde langue dans sa bouche menue, avec tant de rudesse qu'elle eut peur que les commissures de ses lèvres se déchirent et que ses dents n'y résistent pas. Une nouvelle fois, elle dut penser au dogue, au museau du chien et à sa langue gigantesque, et puis, involontairement, aux parties génitales d'un chien. Elle crut étouffer car la langue remplit toute sa bouche jusqu'au dernier recoin, elle nageait dans une salive au goût de rouille et de fer. Elle était encore inexpérimentée mais elle savait que ce n'était pas tout, qu'il y aurait encore autre chose. Le maître exigeait une contrepartie.

Ce qu'il voulait, c'était la perte de son innocence. Elle était à prendre et il la prit. Elle fut incapable de se défendre. Qu'elle perde aussi son talent, ça elle ne le craignit pas, il était plus fort que la violence physique de Merechkovski. Quel choix avait-elle sinon de céder au Russe et de le laisser faire, qui était-elle pour juger de ses actes ? Elle remarqua un étrange bourdonnement. Les quatre premiers triolets de la sonate *Clair de lune. Adagio sostenuto. ppp.* Il fredonnait doucement, comme s'il était seul sur une estrade. Le ton n'y était pas, mais le morceau était reconnaissable. Ce n'était pas dans ses habitudes de se faire remarquer musicalement, de chanter ou de fredonner. On aurait dit qu'elle était devenue son piano, sur lequel il n'avait pas coutume de jouer en sa présence.

Ce qui se produisit ensuite – et qui allait se reproduire de nombreuses fois au cours des années qu'elle passa à Berlin –, elle essaya de le *refouler*, comme on disait depuis peu, dès que ce fut fini ; elle le recouvrit du voile de l'oubli. Celui-ci se révéla pourtant troué. Plus elle avançait en âge, moins elle parvenait à oublier, ce qui était loin désormais lui paraissait de plus en plus proche, elle réussissait pourtant à tenir ses souvenirs à distance.

Jusque-là, elle n'avait ressenti que le plus profond respect vis-à-vis des facultés et de la science de Merechkovski. Elle allait jusqu'à le qualifier de génie, bien qu'elle ne l'eût jamais entendu jouer. Il avait maintenu sa tête et enfoncé dans sa bouche une chose dure et palatale dont elle savait principalement que les hommes s'en servent pour uriner et se reproduire. Elle n'opposa pas de résistance. Plus tard, elle se demanda comment elle avait pu subir ce bâillon sans perdre conscience. Peut-être lui avait-il transmis un peu de sa résolution farouche. Elle sentit son odeur. Elle sentit sa transpiration et quelque chose qui, se dit-elle, ne devait appartenir qu'aux hommes. Plus tard, il ne l'entendit pas vomir. Il était probablement trop engourdi pour cela. Lorsqu'elle revint des toilettes, il était avachi dans son fauteuil et dormait.

Jamais elle ne se réveilla près de lui. Jamais ils ne couchèrent dans le même lit. Jamais elle ne renonça à sa vigilance. Contrairement à Merechkovski, elle ne se laissait pas aller devant lui. Il la tutoyait. Elle se dominait, tout comme elle domina, plus tard, le trac qui la menaçait au moment d'entrer en scène. Elle ne l'aimait pas, mais jamais elle ne perdit son respect pour son art, comme s'il possédait deux âmes, l'une humaine et l'autre bestiale, elle pouvait vénérer l'une, tout en méprisant l'autre avec une telle intensité que son professeur en devenait deux personnes distinctes, un homme et un artiste. À partir de là, elle toléra ses attouchements pendant les heures de cours respectives du lundi et du jeudi après-midi. Jamais aucune leçon ne fut annulée, pas même le jour où il lui annonça que sa mère venait de mourir en Russie.

Le piano à queue noir était toujours à proximité immédiate. Elle prit l'habitude de considérer la présence de l'instrument comme une puissance protectrice qui la préserverait du pire qui pouvait encore arriver (elle n'avait pas d'idée précise de ce qui pouvait surpasser en horreur ce qu'elle connaissait déjà, mais elle se méfiait en permanence des surprises désagréables).

Merechkovski prolongeait toujours les leçons de la durée, à la minute près, qu'il avait consacrée à la satisfaction de ses pulsions. Il consultait, avant et après, sa montre qui pendait au bout d'une chaîne en or, lorsqu'elle tombait de la poche de son gilet pendant l'acte et heurtait ses cuisses humides à lui ou son ventre à elle. Merechkovski gardait ainsi le sens de la justice. Nul ne perdait de temps. Ils ne se voyaient jamais hors de l'appartement et en dehors des leçons. Pendant qu'elle jouait et qu'il écoutait, il était celui pour qui il s'était fait passer au début. Un étranger qui les aurait observés pendant le cours n'aurait remarqué aucun changement dans leur relation.

Merechkovski possédait suffisamment de tact pour retenir sa semence qui aurait pu être dangereuse pour elle. Lotte ne tomba pas enceinte. Rétrospectivement, elle ne se rappelait plus ses connaissances d'alors en matière de contraception, qui ne devaient pas être bien étendues. Il y avait certainement des livres sur le sujet, mais il était tout aussi certain qu'elle ne les avait pas lus. Ni à Berlin, ni chez elle, à Bamberg, elle n'avait aucune amie avec qui en parler. Elle perdit ainsi sa naïveté sans en savoir beaucoup plus.

À la fin du mois, il la dispensa de frais de cours, et le mois suivant également, ainsi que tout au long des dix-huit mois suivants, au cours desquels elle tenta plusieurs fois de régler ses dettes ; d'un geste bref et dédaigneux, il refusa sans équivoque d'accepter ses honoraires. Elle ignorait s'il attendait de la gratitude de sa part puis, au bout de quelques mois, elle cessa de s'en préoccuper. Pendant quelque temps, elle se persuada qu'un jour, quand elle gagnerait assez d'argent, elle lui rembourserait jusqu'au dernier centime tout ce qu'elle lui devait, mais elle finit par s'avouer que leur relation était basée sur un troc et qu'elle ne lui devait rien du tout, et même le contraire.

Elle se donnait à un homme qui était tout sauf attirant, à un homme qu'elle trouvait repoussant mais contre lequel elle ne pouvait pas se défendre, à un homme dont elle suivait les conseils. Lui, en contrepartie, prit jusqu'au dernier jour ce qui lui revenait. Elle fermait les yeux pendant l'acte sexuel. Jamais elle ne sut s'il s'en rendait même compte. Dès qu'il la touchait, elle perdait toute énergie. Elle n'avait aucune vigueur à lui opposer.

Elle n'en parla à personne, ni à cette époque, ni plus tard. Elle gardait pour elle-même le côté intime de ses années berlinoises, tandis que l'aspect public était vite raconté : quelques récitals dans de petites salles de concert ou à l'occasion de manifestations privées et diverses auditions, entre autres dans l'émission radiophonique *Funkstunde Berlin*, de la Mitteldeutscher Rundfunk et de la Deutsche Stunde en Bavière. Quand elle rencontrait des hommes de son âge qui lui faisaient comprendre qu'ils aimeraient la connaître de plus près, elle prenait instinctivement ses distances. On la disait prude ou – pire encore – attirée par les femmes plutôt que par les hommes, ce qu'on pouvait aussi voir dans son choix de devenir pianiste, d'autant plus qu'elle ne cachait pas qu'elle n'avait nulle intention d'enseigner ; plutôt refermer son piano pour toujours que de végéter.

Elle n'arriva pas à se libérer de Merechkovski, c'était inconcevable de mener une double vie avec un amant véritable et lui. Elle remit à plus tard le projet d'avoir un mari, sans d'ailleurs en avoir une idée précise.

Même si elle finit par s'habituer à la reprise incessante de la même situation, elle ne ressentit jamais la moindre affection pour le Russe. Elle n'estimait en lui que le professeur.

« Il n'existe que la nature humaine, avait un jour dit Merechkovski avec sa grandiloquence coutumière. Le reste n'est que hasard, tralala. »

Sans vraiment comprendre ce qu'il voulait dire, son expérience la poussait à le croire.

5

Le printemps

Il s'était passé quelque chose.

En dehors de la déception amoureuse de sa jeunesse, la vie de Stettler s'était jusque-là déroulée sans incidents notables, elle était prosaïque, voire terne. La mort de sa mère avait été un événement prévisible. Il ne connaissait pas davantage la sentimentalité que le bonheur pur ou le chagrin profond.

Il n'était ni un malchanceux, ni un veinard. Un veinard aurait fondé une famille, un malchanceux n'aurait pas su se débrouiller dans la vie. Il avait choisi la profession qui lui convenait et quand viendrait le jour de sa retraite, il pourrait se pencher, non sans fierté, sur une carrière réussie. Par la domination de son métier il avait suscité en certains spectateurs les mêmes sentiments, ou presque, qu'un peintre. Il les avait touchés et émus, sans être lui-même ému ou touché. C'était sans doute ainsi que devait procéder un artiste. Connaître l'effet sans le subir.

Il ne manquait de rien. Il ne ressentait ni vide, ni regrets, juste une satisfaction face à l'uniformité des jours, des nuits, des semaines, des mois et des années qui passaient irrévocablement. Jamais aucune nostalgie ne l'étreignait subitement, aucun besoin impulsif de changement ne faisait surgir de sentiments importuns. Il n'avait pas à se refréner, rien ne le poussait à faire des excès. Quiconque ne ressent pas de joie démesurée s'épargne de grands malheurs, se disait-il, il avait la quiétude dans le sang. Jamais il n'avait cultivé d'espoirs insensés. Les journées bien remplies se succédaient, interrompues par les nuits de sommeil paisible. Comme l'insomnie lui était inconnue, il n'arrivait même pas s'apitoyer sur ceux qui en souffraient, car il manquait, là aussi, d'imagination. Il n'avait aucune idée de ce que ces gens enduraient. Il dormait du sommeil du juste. Il n'était l'ennemi de personne et personne n'était son ennemi.

Extérieurement, il ne s'était rien passé de plus qu'une rencontre, une poignée de main, un échange de regards, un échange de mots. Le nouveau, nommé Bleicher, n'avait rien dit de frappant, il paraissait détendu et réservé. Il s'était poliment contenté d'un : « Bonjour. Enchanté » lorsqu'Arthur Schuster l'avait présenté à la section. Ses façons étaient détendues et polies. Un homme nettement plus jeune que lui. Stettler s'en alarma aussitôt. Pourquoi ces formalités ?

Pourquoi un nouveau tant que Stettler était là ? Sa mise à la retraite était loin d'être à l'ordre du jour. S'il existait des postes vacants dans son département, il aurait dû en être le premier informé. Il n'y avait pas de poste vacant ! On s'était de toute évidence concerté derrière son dos et on avait pris des décisions sans le mettre au courant.

La journée avait été mauvaise. Il pleuvait. Un temps d'avril. Puis le soleil brillait. Stettler n'y était pas préparé. Jusque-là, il n'avait jamais fait la différence entre les bonnes et les mauvaises journées. Quand sa mère était morte, il s'était dit : La mort exige son dû. Cela n'avait pas été une mauvaise journée mais un triste moment qui avait duré.

Il pleuvait des cordes. Puis la pluie cessa brusquement. Le soleil revint. Personne ne l'avait mis au courant, ce qui aggravait la situation. Comme si on avait voulu lui cacher quelque chose, pour l'épargner. Comme si on ne pouvait pas le mettre dans la confidence. Comme si on cessait de lui faire confiance. Le jour se couvrit de nuages qui le rendirent aussi noir que la nuit. De brèves bourrasques séchèrent les premières feuilles vertes. Et la pluie reprit. La pluie fouettait le trottoir, les gens se réfugièrent sous les arcades ou se pressèrent contre les vitrines. Les feuilles arrachées collaient à l'asphalte et aux semelles des passants. Un dard était enfoncé dans la chair de Stettler, un chien enragé logé dans son cerveau cherchait à mordre tout ce qui bougeait.

Il tiendrait bon. Il se défendrait, si nécessaire, même s'il ne savait pas la forme que prendrait l'attaque. Il avait atteint son cinquante-neuvième anniversaire dans la dignité et il passerait les six années qui lui restaient sans perdre son honneur. Un individu seul ne bouleverserait pas sa vie. Pourtant il était convaincu que l'embauchage de Bleicher marquait un tournant.

Le lendemain, il sollicita un entretien avec Arthur Schuster qui, en tant que directeur des ressources humaines, était le principal responsable du personnel. La secrétaire lui fixa un rendez-vous pour le lendemain.

La veille de l'entretien, Stettler dormit si mal qu'il eut l'impression de ne pas avoir fermé l'œil de toute la nuit. À son lever, il comprit ce que signifiait l'expression « être lessivé ». Il était totalement fourbu. Il se sentait mal en point et rompu de fatigue. Au cours des quelques minutes où il avait réussi à dormir, des cauchemars l'avaient assailli qui, tous, tournaient autour du même sujet : le bureau d'Arthur Schuster, Arthur Schuster lui-même et enfin la phrase libératrice qui levait tous les obstacles. Mais dès que Stettler formulait cette phrase, elle se dissolvait dans l'air et il devait recommencer à la chercher.

Il but trois tasses de café soluble mais ne put rien avaler. Il jeta ses tartines de confiture à la poubelle. Puis il passa un temps fou devant le miroir. Il ne se rappelait pas la phrase libératrice et il en conclut qu'elle n'existait même pas en rêve.

Que le ciel fût sans nuages le matin de son entretien avec Schuster ne compensait pas ses affres de la nuit, au contraire, le soleil paraissait rire avec sadisme de son état, dardant sans pitié ses rayons quand il quitta la maison ; ils le traversèrent comme autant de rayons X, mettant à nu son for intérieur, révélant et trahissant le fond de son âme. Stettler se surprit à regarder autour de lui, pour s'assurer qu'on ne l'observait pas.

À huit heures précises il était comme toujours assis à la grande table de travail de son bureau, devant des dessins dont les contours se brouillaient. Il n'imposa pas silence aux apprentis, comme il avait coutume de le faire quand il les trouvait trop bruyants, surtout ce matin où il devait rester concentré. S'il n'y parvenait pas, c'était qu'il ignorait sur quoi focaliser son attention. Ses pensées se diluaient comme l'eau dans l'encre. Tout se noyait en couleurs sombres. Le noir était indiqué pour faire ressortir les pierres précieuses, mais il fallait aussi de la lumière pour cela.

À neuf heures, il fut dans l'antichambre du bureau de Schuster, où régnait la secrétaire. Assise droite et presque aussi immobile qu'une statue derrière sa machine à écrire noire, elle lui présentait son chignon fermement noué, rond comme une boule, serré dans un filet, et qui était tapi sur son crâne telle une araignée. Elle régnait sur la pièce, où des photos encadrées témoignaient de l'évolution des *Quatre Saisons*. Le long des murs se dressaient une quantité de classeurs. Personne ne connaissait l'âge de la secrétaire. Des esprits malveillants prétendaient qu'elle avait plus de quatre-vingt-dix ans et que, jadis, elle avait été la maîtresse de Schuster père. Sa faculté d'assimilation était aussi étonnante que la mobilité de son esprit. *Impossible n'est pas français* était sa devise, qu'elle citait à tout propos.

Il y avait deux portes dans son dos, derrière lesquelles se trouvaient les bureaux des frères Arthur et Heinz Schuster. Entre, trônait, sur un socle en marbre rose clair, le *Philodendron pertusum*, astiqué avec une lotion spéciale et dont le soin incombait à la secrétaire, qui l'y avait placé plusieurs décennies auparavant. Les plaques portant le nom des frères étaient fixées sur les portes respectives, le nom de la secrétaire ne figurait nulle part, mais tout le monde savait comment elle s'appelait.

Il était impossible d'ignorer cette femme derrière sa machine à écrire quand on se rendait aux bureaux des chefs. Seuls ses yeux vifs et inquiets et son dos courbé – elle paraissait s'arc-bouter contre un courant d'air invisible lorsqu'elle se déplaçait entre les classeurs et les tiroirs – la rendaient humaine et haussaient de quelques degrés sa froideur proverbiale envers le personnel.

Stettler n'eut pas à attendre longtemps, Arthur Schuster fut ponctuel. La porte de son bureau s'ouvrit avec tant de vigueur qu'elle heurta le portemanteau auquel étaient suspendus un imperméable de femme et deux imperméables d'hommes. Arthur, que Stettler connaissait depuis l'âge de la maternelle où il accompagnait parfois son père lorsque celui-ci rendait visite à l'atelier des décorateurs de vitrines – ce que Stettler ne mentionnait jamais car il savait qu'Arthur exécrait ce genre de familiarité –, Arthur, donc, lui serra résolument la main.

Ils se saluèrent brièvement, puis Stettler le suivit dans son bureau.

La table de travail d'Arthur Schuster se distinguait nettement de celle, modeste, de son père, elle était imposante et volumineuse. Stettler prit place dans l'un des sièges qui lui furent désignés. Un coup d'œil à l'autre fauteuil lui indiqua qu'ils étaient aussi usés l'un que l'autre.

« Monsieur Stettler, qu'est-ce qui vous amène ? »

Arthur Schuster prit place en face de lui. Il semblait connaître la réponse.

Stettler ne vit que du désintérêt dans les yeux légèrement exorbités du propriétaire du grand magasin. Il chercha ses mots. S'il se livrait aveuglément, quelqu'un comme Schuster, en qui Stettler ne reconnaissait plus le petit Arthur depuis bien longtemps, y verrait l'appel au secours d'un homme en train de perdre ses moyens.

Il finit par répondre :

« M. Bleicher.

– Qu'est-ce qu'il a ? »

Cette entrevue dans le bureau de Schuster était aussi insupportable que dans ses cauchemars.

Mais contrairement au rêve, la réalité avait un début et une fin, elle n'était pas irréversible. Il ne pourrait ni rectifier, ni annuler, ce qu'il disait et faisait. Ce qui était dit était dit, ce qui était fait était fait et quand c'était fini, c'était fini. Du fond de son fauteuil, Stettler leva des yeux hésitants vers Schuster et eut la prémonition d'une fin pitoyable. Schuster n'était plus un enfant qui admirait le seigneur des vitrines, dans lesquelles de minuscules locomotives à charbon allaient et venaient dans tous les sens en crachant de véritables panaches de fumée.

Stettler finit donc par déclarer : « On ne m'a même pas prévenu. »

La réponse de Schuster vint après un silence. « Vous avez raison.

– N'êtes-vous plus satisfait de mon travail ? »

Sa brève hésitation en dit long.

« Vous ai-je jamais fait une remarque en ce sens ?

– Non.

– Eh bien alors. D'où vous vient cette idée ?

– Bleicher.

– Quoi donc ?

– N'êtes-vous plus satisfait de mon travail ? », répéta Stettler.

Cette fois, Schuster n'hésita pas. « Nous avons besoin d'un nouveau souffle. »

Il poursuivit très calmement : « Où est la difficulté, monsieur Stettler ? Une difficulté est un problème et un problème peut être résolu. L'inaction est à coup sûr la mort d'une entreprise. Vous êtes ici pour en discuter avec moi ! »

La distance entre les deux hommes n'aurait pas pu être plus grande. C'était comme si Schuster avait renoncé brusquement à une collaboration qui leur avait donné satisfaction pendant des décennies.

« Quand les charnières de la boutique commencent à grincer, il faut les huiler.

– Un assistant pourrait m'être bien utile.

– Il vous faut un assistant ?

– Non. Mais si quelqu'un comme Bleicher était disponible, je saurais bien entendu l'apprécier. »

Schuster garda le silence. Ses phalanges tapotèrent doucement son bureau pendant qu'il réfléchissait. Il paraissait indécis. Sa réponse cependant fut sans équivoque :

« S'il vous faut un assistant, nous devons en parler. Un assistant, tiens donc. Si je vous comprends bien, vous avez l'impression d'être débordé ?

– Non.

– Tant mieux. Car nous ne pouvons pas pourvoir un nombre de postes illimités. Vous le savez aussi bien que moi. Cependant, je n'ai pas embauché Bleicher en qualité d'assistant, mais de nouveau collaborateur. Il n'est pas là pour vous assister. Bleicher travaillera à vos côtés, de façon autonome. Rien ne s'oppose à ce que vous collaboriez. Nous avons besoin d'un souffle nouveau, je le disais à l'instant. Vous le savez aussi bien que moi. Bleicher est l'homme de l'avenir. Ce genre d'hommes, on se les arrache. Mon frère et moi sommes ravis d'avoir pu l'engager. »

Il haussa légèrement le ton : « Sans période d'essai – si c'est ce que vous vouliez savoir. »

Stettler hocha la tête, mais le regard de Schuster était tourné vers l'intérieur.

« Nous devons penser à l'avenir. Des opportunités pareilles, il faut les saisir au vol, elles se présentent rarement. Dans quelques années, vous serez mis à la retraite, une nouvelle époque est en train de naître, vous vous en rendez bien compte, tout bouillonne, tout est en mouvement, les gens ont de nouveaux besoins, ils voyagent, ils voyageront de plus en plus, ils veulent voir d'autres pays, découvrir d'autres gens et d'autres habitudes, ils regardent davantage la télévision, ils vont davantage au cinéma, ils lisent les journaux, ils se cultivent davantage, ils apprennent des langues étrangères. Personne ne sait ce qui est devant nous. Mais une chose est sûre : ce sera très différent de maintenant. Les voyages apportent un nouveau mode de pensée, une nouvelle morale, une nouvelle vision du monde. Les voyages en train appartiendront bientôt au passé, nous en serons les témoins. Les voitures deviennent de plus en plus rapides, un jour elles rouleront toutes seules, nous en serons les témoins. Les informations se propagent en quelques minutes. Nous devons nous mettre au goût du jour pour ne pas être dépassés puis largués. Nous ne vivons plus à l'époque de mon père. C'est à notre évolution et amélioration continuelles que *Les Quatre Saisons* doivent d'exister encore. Un grand magasin doit représenter son époque tout en l'influençant, l'un ne va pas sans l'autre, vous le savez mieux que quiconque. Tout n'est pas un gadget. Et en même temps, tout *est* un gadget. Pour trouver le bon équilibre, nous avons besoin d'un nouveau souffle. Je me répète. M. Bleicher sera excellent pour cette tâche – dans le domaine de la décoration de vitrines et plus généralement en ce qui concerne la publicité pour notre établissement et notre impact sur le monde extérieur. Nous avons des projets avec lui, il incarnera l'air du temps pour la clientèle comme pour les collaborateurs. Nous devons nous défendre contre les discompteurs. Les discompteurs pourraient signer notre perte, leur offensive est prête. Ils ouvriront bientôt leurs premiers magasins. Et je suis sûr qu'ils n'opéreront pas avec des décorations de vitrine, mais avec des affiches racoleuses, des semaines spéciales et des soldes. Nous *devons* leur opposer quelque chose. Nous devons les observer *de près*, de très près. Faire *très* attention. Nous devons absolument éviter un naufrage. Être attentifs sans relâche. Devancer les autres. Sans ça, nous coulerons. Et ça en aucun cas ! Ça ne doit arriver en aucun cas, vous le savez aussi bien que moi. »

À l'entendre, on aurait pu croire que Stettler lui-même était le précurseur d'un naufrage évité de justesse.

« Nous ne devons pas prendre le train en marche, nous devons être installés dans la cabine du conducteur. Pour moi, c'est clair et net. Pour moi et pour mon frère. »

Le sauvetage dans la débâcle, voilà donc ce que promettait Bleicher. Tout au long de la tirade de Schuster, d'innombrables questions avaient traversé la tête de son employé : quel âge avait Bleicher, de quelle formation professionnelle avait-il bénéficié, qui étaient ses parents, était-il marié, fiancé, où était-il né, était-il catholique ou réformé, avait-il des enfants, vivait-il en concubinage, qui étaient ses grands-parents, quelles preuves avait-il faites, avait-il fait des études, un apprentissage, et chez qui, qui était son maître, était-il autodidacte, avait-il déjà décoré une vitrine, avait-il déjà vu une vitrine de l'intérieur, savait-il comment disposer correctement les articles, connaissait-il l'importance de la lumière et des ombres, que savait-il de l'attitude des mannequins, était-il capable de travailler avec d'autres gens, avait-il suffisamment d'autorité – des questions à n'en plus finir. Mais Stettler garda le silence. Il laissa les questions se promener dans son esprit et y semer le trouble. Il avait cessé de hocher la tête longtemps avant que Schuster n'arrivât à la conclusion. Celui-ci n'avait que faire de son opinion.

Schuster s'interrompit de façon brusque et inattendue. Il se leva crânement – *crânement* était le terme qui vint spontanément à l'esprit de Stettler – et déclara que la conversation était terminée.

Ses cheveux ! Stettler comprit subitement en quoi consistait le changement qu'il avait observé en entrant, mais sans pouvoir mettre le doigt dessus : Schuster avait laissé pousser ses cheveux – certainement pas par hasard, car il n'était pas homme à abandonner quoi que ce soit au hasard – et ses oreilles étaient à présent à moitié couvertes par les mèches grises ; à la manière des jeunes gens, que Stettler observait de plus en plus fréquemment et dont l'éducation, contrairement à celle de Schuster, n'était vraisemblablement pas au-dessus de tout soupçon.

Schuster, qui était nettement plus âgé que les garnements en blue-jeans, se coiffait comme les Beatles, que Stettler connaissait pour avoir vu leur photo dans les journaux. La nouvelle coiffure était un signe des temps, tout comme l'embauche de Bleicher était un tribut payé aux temps nouveaux. Les coupes de cheveux changeaient comme la morale.

Quand Stettler fut revenu à son poste de travail, le monde était devenu plus opaque. Tout était noir. Pourtant l'ambiance dans son département était détendue et gaie.

Stettler savait à présent qu'on le voyait comme un vieux déchet. Comme un homme incapable de se réveiller et de voir l'avenir en face. Le futur, ce n'était pas pour lui. Il n'était plus indispensable.

Et voilà qu'il était assis sur sa chaise devant sa radio, subjugué, presque pieds et poings liés, incapable de se lever et à peine capable de respirer. Jamais, non jamais il n'avait entendu une chose pareille, jamais il n'avait cru que cela pouvait exister, ces hurlements et ces cris, ces hululements et ces gémissements, une abomination pareille. Quelque chose d'aussi horripilant. C'était malsain, tout simplement malsain, on aurait dit des sirènes sur fond de barrage d'artillerie, une tempête de feu, pire que la guerre, une bataille invisible et tonitruante, le mugissement des mitrailleuses, l'impact des grenades, les cris des blessés à l'arrière-plan ; l'enregistrement avait manifestement été réalisé dans une salle contenant des milliers de personnes qui obéissaient aveuglément, galvanisées par les rugissements d'un individu qui les exhortait à l'imiter, c'était en tout cas ce que crut comprendre Stettler. Ce qu'il entendait perçait son front pour se vriller dans son cerveau, le fracas métallique des basses vibrait dans son ventre et comprimait ses entrailles qui remontaient vers ses poumons, son cœur et enfin sa gorge. Il crut étouffer.

Il aurait suffi de tendre la main pour mettre fin au vacarme, mais il était pétrifié, condamné à l'inaction ; il n'éteignit pas la radio, cela aurait été si simple mais il ne le fit pas. Il était possible que le fracas qui sortait du poste soit qualifié de musique par des masses dévoyées, c'était même probable, il crut même reconnaître peu à peu quelque chose qui s'apparentait à une mélodie, à une suite de sons relativement cohérente, quoique ce fût bien loin de ce qu'une personne normale identifiait comme de la musique. C'était le son affreux de sauvages pris de folie, de toxicomanes déments, de malades enragés, de dilettantes malveillants, il eut du mal à se représenter les gens qui faisaient cela et plus de mal encore à se représenter ceux qui avaient envie d'entendre cela, il préférait ne pas se représenter ces gens. Les hurlements de l'homme étaient indubitablement en langue américaine, à ne pas confondre avec l'anglais cultivé que Stettler entendait occasionnellement à la radio sans en comprendre un mot. Il ignorait de quels instruments il s'agissait, il doutait qu'il s'agisse d'instruments qu'il connaissait, qu'il avait un jour entendus ou même vus.

Le bruit avait beau être douloureux, Stettler persévérait, comme s'il voulait être puni, comme s'il était paralysé. Il aurait suffi d'un quart de tour pour sélectionner une émission qui diffusait de la belle musique ou des textes riches de sens, mais il restait immobile. Il pensa à sa mère, dont la vie aurait été différente si elle n'était pas tombée enceinte. Si elle ne l'avait pas mis au monde, elle aurait suivi le chemin qu'elle avait pris au début, la « voie artistique » comme elle disait, mais elle ne l'avait pris que pour le quitter et se consacrer à son époux et à son enfant censé faire une carrière honorable, ce qui s'était d'ailleurs réalisé. Mais après sa mort, il s'était fréquemment demandé si sa vie avait vraiment eu du sens.

Elle avait épousé un homme qu'elle connaissait à peine. Leur mariage n'avait pas duré longtemps, ils n'avaient pas eu le temps de devenir étrangers l'un à l'autre. Le père de Stettler était mort cinq ans après leurs noces. Elle ne l'avait jamais appelé autrement que « ton père » lorsqu'elle en parlait à son fils, et Stettler n'avait appris son prénom qu'une fois devenu adolescent. Il s'appelait Fritz. Un homme sans importance. Il existait des photos de lui quelque part.

L'instrument qui dominait tout était probablement une guitare électrique. Il fallut que ce terme lui vienne à l'esprit pour qu'il appuie sur la touche d'ivoire, et qu'au bout de trois, quatre secondes, la radio se taise, comme si elle ne mettait fin à son émission tonitruante qu'à contrecœur. Stettler avait faim.

Debout dans la cuisine il se fit cuire deux œufs. Il avait d'abord voulu les faire au plat et avait sorti la lourde poêle en fonte du placard, mais à présent, les deux œufs cuisaient dans l'eau. Il avait changé d'avis. Il avait rempli une casserole d'eau et l'avait mise à bouillir. Il avait fait glisser précautionneusement les deux œufs dans l'eau. Ils étaient restés indemnes.

Il regarda l'heure à sa montre : il fallait prévoir six minutes de cuisson. Il était avide d'œufs mollets. Il coupa du pain en lichettes longues comme un doigt, qu'il tremperait dans les œufs pour pomper le jaune. Il mit le couvert. Il posa une petite cuillère à côté de la serviette. Tous les lundis, il remplaçait l'ancienne serviette par une serviette propre. Il attendit, regarda sa montre puis le fourneau, le fourneau puis sa montre, jusqu'à ce que ce soit l'heure.

Il passa les œufs cuits sous l'eau froide puis en écala un avec soin. Il passa plusieurs fois les doigts sur la surface lisse et luisante pour s'assurer qu'il ne reste ni coquille ni peau. Il décida de ne manger qu'un œuf. Debout devant le plan de travail.

Il prit de la mayonnaise en tube, en mit sur son œuf et le fourra tout entier dans sa bouche. Il mâcha longtemps et lentement. Il ne s'assit pas. Il ne regarda pas par la fenêtre. Il contempla pensivement l'œuf non écalé posé sur l'évier.

Puis, subitement, il leva la main droite et frappa l'œuf de la paume, une fois, deux fois, trois fois. Le spectacle de l'œuf écrasé le soulagea. La bouillie de coquille et d'œuf réchauffa sa peau.

L'œuf était bon pour la poubelle. Il le jeta.

Après s'être lavé les mains, il décida d'appeler les renseignements.

6

L'automne

Lotte reconnut Merechkovski au premier coup d'œil, même si elle ne le voyait que de dos. Il était debout à l'écart, ses yeux regardaient dans la direction où devait se trouver le mur entre Berlin-Ouest et Berlin-Est. Elle crut apercevoir le no man's land, sentir littéralement l'odeur de l'Est. L'invisible paraissait aussi tangible que la nouvelle salle de concert, un symbole de la liberté et de la persévérance ainsi que de l'espoir en un temps improbable sans mur, dans un futur lointain. Lotte, elle aussi, connaissait des gens qui habitaient de l'autre côté. Elle n'avait plus de leurs nouvelles depuis longtemps. Leur silence semblait indiquer qu'ils s'étaient résignés à leur sort. Les attentes des spectateurs étaient palpables. Tous les regards étaient braqués sur le bâtiment.

Il était seul, personne ne le reconnaissait. Ce n'était pas comme jadis, quand il se montrait en public et qu'on venait lui demander des autographes, et pas seulement quand il allait à l'ancienne Philharmonie.

Si Merechkovski attirait l'attention, ce n'était pas en raison de sa renommée, mais de son allure miteuse, de son manteau effiloché et de sa chevelure clairsemée à la coloration roussâtre. La dernière fois qu'elle l'avait vu, ses cheveux avaient à peine commencé à grisonner. La teinture avait déteint sur son cuir chevelu.

Le fait qu'elle n'aperçût d'abord Merechkovski que de dos était un simple hasard. Qu'elle le reconnût immédiatement, en revanche, n'était pas un hasard du tout. Elle le reconnut à son manteau ainsi qu'à la canne sur laquelle il s'appuyait. Elle connaissait cette canne et ce manteau, elle reconnut les deux boutons en cuivre jaune dans le dos. Ce manteau était déjà vieux avant la guerre. Même un fripier l'aurait dédaigné.

La canne sur laquelle s'appuyait Merechkovski était celle-là même qu'il utilisait pour souligner bruyamment ses directives à ses élèves. À le voir, elle n'aurait pas su dire s'il avait du mal à se déplacer. Ce qu'elle constata cependant, c'était qu'il était beaucoup plus petit que dans son souvenir. Lorsqu'il se retourna et qu'il la vit, il fit un effort pour paraître ravi. Il leva les deux bras et se dirigea vers elle, sa canne dans la main droite et un mouchoir chiffonné dans sa main gauche. Ses mains étaient comme mutilées. Il portait un costume gris sombre à chevrons, qui semblait moins élimé que son manteau.

Elle ne l'aurait pas reconnu à sa voix. Soit celle-ci avait changé, soit la mémoire de Lotte était défaillante. D'habitude, les voix ne devenaient pas plus aiguës avec l'âge. La sienne, si.

Ses années de travail dans les studios d'enregistrement, où tous bruits importuns étaient bannis, lui avaient appris à se méfier de la mémoire des sons. On ne pouvait pas s'y fier. La vérité se trouvait dans l'objectivité des autres, dans leur perception auditive, pas dans la sienne. Il ne fallait pas accorder foi à sa propre oreille mais à celle de l'ingénieur du son. Ce que l'oreille entendait correspondait peut-être à l'idéal qu'on en avait, mais rarement à ce qu'on avait réellement produit.

La voix de Merechkovski, telle que Lotte se la rappelait, était profonde et puissante, et maintenant elle se révélait tenue et peu virile. Si elle avait entendu cette voix à la radio, elle n'aurait jamais pensé qu'il s'agissait de celle de son ancien professeur et tortionnaire, qu'elle avait accepté d'accompagner à la nouvelle Philharmonie de Berlin dès qu'il le lui avait demandé, comme s'il possédait toujours cet irrésistible pouvoir qui lui avait jadis ôté toute volonté. Au premier instant, elle aurait même pu prendre cette voix incertaine pour celle d'une femme, pour la voix tremblante d'une vieille femme.

« Ma chère, quel plaisir de vous voir. »

Si cela se trouvait, Merechkovski était tout simplement devenu gâteux.

Mais derrière cette faiblesse, elle percevait sa ténacité inchangée. Les mains qui serrèrent la sienne étaient des mains de vieillard, mais elles n'avaient rien perdu de leur force. Il avait saisi sa main droite dans ses deux mains.

L'accent russe aussi était plus marqué que dans son souvenir. Sa mémoire avait manifestement corrigé les fautes de grammaire. À présent, il cherchait sans cesse des mots qui refusaient de lui revenir. Le russe semblait avoir fait reculer l'allemand, la langue maternelle avait repris sa place. Peut-être avait-il souhaité si intensément le retour à son enfance que celle-ci lui était revenue sous sa forme la plus éthérée, le langage. À moins que son allemand n'eût toujours été aussi mauvais. S'était-elle leurrée également sur ce point ?

Merechkovski paraissait désespéré et misérable. Mais il restait vigoureux. Il n'était pas facile de se soustraire à son étreinte.

« Tu joues toujours du piano. »

Dans le temps, il ne la tutoyait que lorsqu'il ne se contrôlait plus. Une odeur d'humidité lui parvint, elle provenait des murs qui n'étaient pas encore secs. La Philharmonie avait été construite en un temps record. Ils avancèrent côte à côte.

Au studio, on attendait d'elle qu'elle décrive par le menu sa visite à la Philharmonie. Aussi se concentra-t-elle sur ce qui l'entourait.

Les billets furent l'objet d'un contrôle pénible. Les messieurs à l'entrée portaient des costumes noirs, des chemises blanches et des cravates sombres, rien n'échappait à leur vigilance. Merechkovski sortit les billets de sa poche. Il lui avait écrit qu'elle était, naturellement, son invitée. Dans sa lettre, il gardait ses distances et la vouvoyait.

Ayant entendu tant d'éloges au sujet de la salle de concert, Lotte s'était préparée à être déçue en la confrontant avec la réalité, mais quand elle y pénétra, elle fut subjuguée.

Elle fut subjuguée comme tous ceux qui entraient de tous les côtés et par en haut et en bas dans l'immense salle, admirant, émerveillés, les escaliers, les tribunes et les balcons. Personne ne pouvait cependant saisir l'ensemble d'un seul regard. C'était la plus grande salle de la ville, la plus grande salle qu'elle eût jamais vue, un édifice comme elle n'en avait jamais connu. Et tout cela pour la musique. La réalité dépassait tout ce que Lotte avait lu sur la Philharmonie, toutes ses réticences tombèrent.

Après quelques difficultés, résolues avec l'aide d'un ouvreur, pour trouver les bons sièges dans le bon bloc, ils s'assirent enfin et Merechkovski se mit à parler avec son accent russe, comme s'il tissait un fil en soie le long duquel il remontait jusqu'au cocon de ce monde duquel il s'était jadis si fièrement et si agressivement affranchi. Il n'eut même pas besoin de mentionner la Russie. Celle-ci transparaissait derrière ses mots, derrière ses syllabes, ses voyelles et ses consonnes. Il parla de Karajan, qu'il n'aimait guère, de Furtwängler, qu'il n'aimait guère, de Nikisch, vraiment grand, de Celibidache, le méconnu, l'unique digne successeur de Nikisch, que ces petits esprits de Berlinois avaient chassé parce que sa grandeur individuelle soulignait leur nanisme collectif et qu'il fallait par conséquent l'éradiquer. Lotte ne prêtait qu'une oreille inattentive aux imprécations de Merechkovski, qui ne l'intéressaient pas tellement. Elle regardait furtivement les doigts tordus du maître et se demandait s'il lui arrivait encore de s'asseoir devant un piano.

L'orchestre philharmonique, le chœur, les quatre chanteurs et le chef d'orchestre montèrent sur l'estrade. Au terme du concert, le public applaudit les musiciens, le chef d'orchestre, les chanteurs, la salle et n'oublia pas de s'applaudir lui-même, parce qu'il avait survécu à la guerre, organisé l'après-guerre et construit ce bâtiment. Les pensées de Lotte s'envolèrent sans qu'elle essaie de les retenir ; leur agitation et leur désordre étaient encore ce qui se rapprochait le plus de la réalité. Lotte avait le sentiment de vivre un moment historique. En faire partie la remplissait d'insouciance et de bonheur. Trop d'impressions l'assaillaient en même temps, la rendant incapable d'en retenir autre chose que des détails, sa capacité mémorielle était insuffisante face à l'infinité de sensations du moment. Elle aurait tant préféré être seule.

Merechkovski lui était aussi étranger qu'un Chinois. Partager son enthousiasme avec lui était impossible, il éprouvait tout le contraire. L'architecture lui déplaisait ainsi que l'acoustique, la disposition des sièges le gênait ainsi que l'emplacement de l'orchestre. Le concert lui-même ne l'avait apparemment pas plus impressionné que d'écouter un disque. Son amertume l'avait creusé de l'intérieur.

Plus tard, lorsqu'ils furent dans un bistrot devant un verre de vin et un bretzel moelleux – Lotte n'avait pas l'habitude de boire de l'alcool à jeun – elle apprit que Merechkovski possédait certes un téléphone, mais plus de piano. Et il n'utilisait le téléphone que pour appeler l'horloge parlante.

Son piano à queue avait été la proie des flammes.

Comme jadis Lotte, il était depuis 1945 le sous-locataire d'une famille, à qui il battait froid à des degrés divers. Il décrivit des enfants qui ne le saluaient pas, une grand-mère crasseuse, des repas insipides – peu de viande, des patates tous les jours de la semaine – et un père de famille qui passait ses dimanches en *maïka*, il traduisit : « en tricot de corps ». Sa chambre était obscure, mais assez grande pour contenir deux Steinway. Mais il ne possédait même pas un *pianino*, et encore moins un *royal**. Son grand Bechstein avait succombé aux bombes incendiaires qui avaient plu sur la ville aux cours des derniers jours de la bataille de Berlin.

« En fumée, dit-il. Parti en fumée. »

Le bel étage s'était effondré sur le rez-de-chaussée sous l'effet des flammes, en même temps que le mobilier de la salle de bains, baignoire et toilettes, miroir et lavabo. Il avait encore dans l'oreille le bruit du piano qui éclatait, des cordes qui se rompaient et des marteaux et touches qui volaient de toute part. Il y avait eu des morts, mais pas de blessés. Tous ceux qui s'étaient trouvés dans la maison avaient péri. Pas de blessés.

« Morts, tous. »

Le fait qu'il ne fît pas partie des victimes, il le devait à la chance douteuse d'être allé donner un cours à une *Reichsarbeitsdienstführerin* sans talent, près de Unter den Linden.

---

* Les termes russes (dérivés de l'italien et du français) pour désigner respectivement un piano droit et un piano à queue.

Oui, Lotte avait bien compris : donné un cours. Pas un cours magistral, comme avant, mais une leçon de piano, comme une vieille fille. « Avec ces... mains ! » Il les lui tendit et maintenant elles tremblaient. Il parut lutter pour les reposer, puis elles se refermèrent autour de son verre, et il but une nouvelle gorgée de vin. Lotte constata que ses manchettes jaunies étaient effrangées. Elle ne s'était apparemment pas trompée lorsqu'elle s'était demandé pendant le concert s'il n'avait pas déjà bu dans l'après-midi, avant leur rendez-vous. Cela ne faisait aucun doute : il était ivre, et c'était peut-être la raison pour laquelle il cherchait ses mots et utilisait des expressions russes, ce qu'il ne faisait jamais autrefois.

Il déclara sans transition que, pour commencer, il avait besoin d'un piano. Mais il ne pourrait jamais travailler sa musique dans sa chambre, parce que ses propriétaires ne le toléreraient pas. Voilà donc ce qu'il était devenu, un... locataire. Il lui fallut quelques secondes pour se rappeler le mot. Il avait besoin d'un piano et d'une pièce. D'une chambre où il pourrait travailler. Pendant des heures, sans interruption, comme il aimait tant le faire dans son enfance. Les partitions aussi avaient disparu dans les flammes, mais il n'en avait pas besoin, il avait toutes les notes en tête : l'intégralité des concerti de Beethoven, de Mozart, de Tchaïkovski. Il se frappa le front. Il n'avait pas seulement besoin d'une pièce et d'un piano, il avait besoin – aussi – d'un public, de la possibilité de donner un récital. Il la chargeait, en tant qu'ancienne élève, d'intervenir en sa faveur auprès de ses directeurs de programmes – il paraissait avoir mémorisé ce terme à dessein, car il le prononça sans hésitation ni faute. Ensuite, tout ne serait plus qu'une question d'organisation. Il était plus que temps de garder une trace de sa maestria. Les derniers enregistrements qu'il avait réalisés, à Paris, remontaient à plusieurs décennies. Il ne dit pas qu'il avait besoin d'argent. Il ne prononça même pas ce mot. En fixant sa maestria sur les bandes d'un studio, on était au moins assuré de la conserver pour la postérité, puisque ses contemporains croyaient pouvoir l'enterrer de son vivant.

« Mais vous êtes connu dans le monde entier », dit Lotte, bien qu'elle sût que cette opinion ne pouvait, au mieux, se formuler qu'à l'imparfait. Elle poursuivit, comme si elle y croyait elle-même, que cela devait être facile pour lui de prendre contact avec Karajan afin de jouer avec l'orchestre philharmonique dans cette magnifique salle toute neuve.

« Avec Karajan ? l'interrompit Merechkovski si brusquement que les clients aux tables voisines se retournèrent vers eux. Dans cette salle pour singes, jamais ! »

Et il continua à déverser sa bile sur Karajan et sur la Philharmonie tout en frappant sur la table jusqu'à ce qu'elle s'exclame : « Mais vous vous abîmez les doigts ! »

En quoi ses doigts la regardaient-ils, rétorqua-t-il avec acrimonie, elle n'était qu'une petite pianiste de radio. Un artiste sans public n'est qu'une amibe et souffre de privation – une vie sans âme. Jamais il n'avait écouté la transmission d'un concert. « *Vichanié* », dit-il avec mépris. Et il ne le ferait jamais. Cependant il était prêt, à certaines conditions, à se soumettre au diktat des temps modernes et à se mettre au piano dans un studio. Il était même prêt à prendre sur lui et à se mettre à son piano *à elle*.

Mais Lotte ne l'écoutait plus qu'à moitié. Elle ne tenait plus sur sa chaise. Son dos lui faisait mal. Elle se leva brusquement. Merechkovski pâlit et son visage prit une expression angoissée. Que comptait-elle faire ?

« Vos cheveux roux ne vous rajeunissent pas », dit-elle sèchement en pivotant sur ses talons. Son cou était couvert de gouttelettes de sueur. Elle prit son manteau. Elle se sentait libre et indépendante.

Et, sans lui laisser le temps de répliquer à son affront, elle quitta le bistrot. Elle était partie. Il restait là, seul ; comme si on avait soufflé une bougie.

Elle ne réalisa qu'une fois à l'air libre combien l'endroit sentait la cuisine et le cigare. Elle voyait clairement ce que Merechkovski aurait tenté de faire si elle lui en avait fourni l'occasion. Mais cette fois, elle avait été plus rapide que lui. Se lever et s'en aller avait été plus facile que de rester. Elle lui avait laissé le soin de régler les consommations. Jamais ils ne se reverraient. Il ignorait dans quel hôtel elle était descendue, elle était hors d'atteinte et soulagée.

7

Le printemps

Après avoir séché ses mains avec un torchon de la cuisine, Stettler composa le numéro onze. Il enfonça un doigt dans le cadran rotatif de son téléphone mural et le fit tourner puis revenir deux fois. Il était près de sept heures. On pouvait appeler à quatre heures du matin ou à dix heures du soir, il y avait toujours quelqu'un au bout du fil pour vous renseigner.

Cela sonna trois fois, puis la demoiselle décrocha.

« Les renseignements, j'écoute ? »

Stettler était préparé. Il avait besoin de quelques adresses en ville, des dancings, des discothèques, des cabarets. C'était comme s'il avait endossé un costume qui n'était pas le sien, ces mots ne faisaient pas partie de son vocabulaire.

« Vous savez bien de quoi je parle. Des endroits où l'on danse et l'on s'amuse, où l'on boit en écoutant de la musique ; la jeunesse, les loisirs, l'aventure. » Il se sentait idiot.

Elle répondit avec amabilité : « Je sais ce que vous voulez dire. Des lieux pour se divertir.

– Pour se divertir, exactement », s'exclama-t-il. Elle l'avait compris sans savoir ce qu'il cherchait réellement.

Sa mère avait recouru plus fréquemment que lui aux renseignements téléphoniques, qu'elle vantait comme une bénédiction pour l'homme moderne. Parmi les hommes modernes, elle comptait ceux qui, comme lui, ne se souciaient pas de fonder une famille.

La mère de Stettler avait toujours eu recours aux renseignements téléphoniques quand son encyclopédie Brockhaus en trois volumes publiée en 1948 s'avérait incapable de lui fournir une réponse, ce qui arrivait de plus en plus souvent à mesure que l'année de parution s'éloignait. Les renseignements, auxquels on pouvait tout demander et qui avaient réponse à presque tout, étaient une source inépuisable du savoir. Mais sa mère lui avait bien entendu enseigné aussi à ne pas abuser des renseignements en posant des questions saugrenues. Il y avait des questions auxquelles il n'existait pas de réponse et des sujets dont on ne parlait qu'avec des experts en la matière. Elle avait néanmoins éprouvé une certaine satisfaction en constatant que la demoiselle des renseignements ne connaissait pas, elle non plus, l'origine du mot *atriau**.

La demoiselle attendit que Stettler ait terminé puis elle lui demanda de patienter. Mais il ne lui fallut pas plus de quelques minutes pour lui indiquer cinq adresses, toutes situées – à son grand étonnement – dans des rues extrêmement respectables de la vieille ville.

---

* Il s'agit d'un plat de viande suisse.

Ce que les noms des rues et les numéros des maisons n'indiquaient pas, c'était que les établissements qu'elle énumérait et que Stettler notait au crayon sur une feuille blanche se trouvaient sous terre, dans des caves voûtées vieilles de plusieurs siècles, que l'on atteignait de la rue par de raides escaliers. Ces caves servaient autrefois à conserver toutes sortes de marchandises ; aujourd'hui, leurs portes, comme il n'allait pas tarder à le constater, donnaient accès à Sodome, mais pour l'heure, il n'en savait encore rien. Lorsqu'il se coucha le jeudi soir, il dormit mieux que les jours précédents.

Enfin arriva le samedi soir. Stettler sortait. Toute la journée, il s'était demandé comment il allait s'habiller. Pas question de se mettre en blue-jeans, comme en portaient les jeunes hommes. D'ailleurs, il n'en possédait pas.

Il resta longtemps devant sa penderie, hésitant. Un complet lui paraissait incongru, mais se passer de cravate lui semblait impensable. Depuis sa dix-huitième année, il ne sortait jamais sans cravate, pas même le samedi. Sinon, il se sentait à demi dévêtu. Sans cravate ou sans jeans on était vulnérable.

Son choix se porta finalement sur une chemise blanche à fines rayures bleues, un léger chandail beige sans manches et un blazer bleu. L'ensemble était décontracté, il ne voulait pas paraître trop cérémonieux durant son expédition nocturne. La cravate était d'un bleu roi décoré de minuscules abeilles jaunes, à peine visibles. Il renonça à mettre une pochette, même s'il en avait une assortie. Il tapota ses tempes avec le reste d'eau de toilette d'un grand flacon abandonné sur l'étagère à sous-vêtements, même si le parfum, trouva-t-il, s'était décomposé. Il sentait la prune.

Pourtant, l'odeur douceâtre lui donna un instant une impression de mondanité. C'est tout de même étrange, se dit-il : quiconque admirait ses vitrines devait penser que leur décorateur était un grand voyageur. Des objets chinois, africains, russes, américains, éclairaient d'un jour nouveau les produits locaux présentés – chapeaux, manteaux, vases, pots, couverts, gants, foulards – et tous ceux qui n'avaient aucune idée de son travail pouvaient croire qu'il s'inspirait de voyages qu'il n'avait en réalité jamais faits. Il ne connaissait tout cela que par des livres et les revues auxquelles le grand magasin ou lui-même étaient abonnés.

Stettler attendit la tombée de la nuit, car il avait lu que les jeunes n'allaient pas en boîte avant neuf heures. Comme il faisait trop frais pour rester sur le balcon en cette soirée de septembre il s'assit au salon. Il s'assoupit une demi-heure. En se réveillant, il eut envie d'une bière, mais il n'en avait pas à la maison. Il s'en offrirait une plus tard, au bar. En semaine, il avait l'habitude de se coucher à dix heures. Les aiguilles n'avançaient que lentement. Rien ne le forcerait à renoncer et à aller au lit.

À neuf heures moins le quart, il sortit. Il était content d'avoir mis un manteau chaud. Que devaient penser les gens de ce monsieur d'un certain âge qui traînait tout seul dans les rues ? Un homme vieillissant et solitaire ne pouvait que paraître suspect à certains.

C'était désagréable d'imaginer ce que les autres pouvaient penser en le voyant dans les ruelles vides de la vieille ville, mais par chance il ne rencontra âme qui vive. S'il avait promené un chien, la chose aurait paru évidente à tout le monde, un chien, on le promène le soir pour qu'il fasse ses besoins. Il aurait dû mettre un chapeau. Le chapeau l'aurait caché aux regards curieux, mais un chapeau dans un établissement fréquenté par des jeunes, c'était trop voyant. Comme il supposait qu'il n'y avait pas de casiers à chapeaux dans ces établissements-là et qu'il ne voulait pas suspendre le sien à une patère, il y avait renoncé.

Stettler avait noté les numéros des maisons sur un bout de papier qu'il avait glissé dans la poche de son blazer, mais il les connaissait par cœur. Ils étaient répartis sur deux rues de la vieille ville, dans un périmètre de deux kilomètres carrés au maximum. Il connaissait ces rues depuis son enfance.

Il ne marchait pas comme d'habitude sous les arcades éclairées par les vitrines, mais au milieu de la rue, d'où il pouvait mieux voir les numéros des maisons et les entrées des caves. Il sentait le pavé poli et lisse sous ses semelles souples et fines et évita une flaque qui s'était formée dans un trou de la chaussée. Quelqu'un avait sans doute déversé de l'eau de vaisselle dans la rue.

Le premier établissement de sa liste s'appelait *Pelikan*. Une lumière brillait au-dessus de la discrète enseigne – un pélican qui dansait, un foulard rouge autour du cou. Quelques jeunes se tenaient devant la porte ouverte à deux battants, qui donnait accès à la cave.

Ils fumaient, discutaient et gesticulaient. Stettler surmonta sa gêne et se fraya un passage vers l'entrée. Ils s'écartèrent automatiquement sans faire attention à lui. Ils parlaient à voix basse. Mais sans chuchoter.

Il descendit l'escalier. Il n'avait pas de rampe. Il se serait senti plus en sécurité s'il y en avait eu une, car aucune marche n'était de même hauteur. La descente était risquée quand on manquait d'assurance, aussi avança-t-il prudemment. Vu d'en bas, il devait avoir l'air d'un vieil homme exagérément prudent. Mais il n'y avait personne en bas. Sur la porte d'entrée était de nouveau écrit *Pelikan*. À la recherche d'un logo original, le graphiste s'était de toute évidence inspiré de celui des stylos-plumes du même nom. La porte était fermée. Un piétinement sourd résonnait au travers, il s'y était attendu. Stettler ne se rappelait pas être jamais entré dans une de ces caves. Il essaya de paraître décontracté quand il poussa la porte. Le vacarme qui l'assaillit était assourdissant, mais il s'agissait indubitablement de musique.

Il ne perçut pas les détails au début, mais il se rendit vite compte qu'un nombre inhabituel de corps se serraient dans un espace étroit. Ce qu'il vit lui était étranger, mais après tout c'était pour ça qu'il était venu. Droit devant lui, au fond, il découvrit le bar. Derrière le comptoir, une barmaid au sourire glacial s'agitait devant un mur de bouteilles.

Le long des parois étaient disposées des petites tables, toutes occupées. Sur les parois des affiches en quadrichromie montraient des pélicans et autres oiseaux marins. La plupart des clients, debout, buvaient de la bière dans de grands verres, fumaient, se penchaient vers ceux qui étaient assis, et se servaient sans façon dans de grands bols colorés remplis de bâtons salés et de cacahuètes. Il n'y avait rien d'autre à manger. On dansait au centre de la pièce – dans un espace mal délimité – mais pas comme il avait appris. On ne voyait pas de couples, les danseurs et danseuses s'agitaient tout seuls à la même place, se contentant de lever et de baisser les bras, en avant et en arrière. Ils écartaient les mains, levaient les bras au-dessus de la tête, tendaient leur torse, faisaient tourner leurs hanches et virevoltaient sans cesse. Les filles et les garçons dansaient de façon identique. Les jeunes femmes portaient des jeans. Les garçons ne menaient pas, les filles ne suivaient pas. Certains dansaient les yeux fermés, d'autres étaient manifestement en transe ; leurs yeux élargis, inexpressifs, paraissaient contempler l'au-delà. Qui pouvaient être leurs parents, où vivaient-ils ? Il n'aurait pas été étonné de tomber sur un de ses apprentis. La plupart des jeunes hommes portaient une cravate mais il n'en fut pas rassuré pour autant. Il en prit simplement note.

Les danseurs et ceux qui les entouraient semblaient savoir à l'inverse de Stettler où commençait la piste de danse et où elle se terminait. En dépit de la cohue, personne ne se marchait sur les pieds ; quand deux corps se touchaient, personne n'avait un mouvement de recul, les frôlements accidentels ne paraissaient gêner personne. Les danseuses et danseurs formaient une communauté soudée. À leurs yeux, il était un vieillard.

Il s'approcha lentement du bar, où il dut crier pour se faire entendre. Il commanda une bière blonde. La barmaid le regarda fixement sans montrer le moindre signe de compréhension. Elle saisit mécaniquement un verre et le tint sous la tireuse. Elle avait l'œil à tout. Une minute plus tard, le verre rempli de bière mousseuse était posé sur le comptoir, devant lui. Il le vida en quelques traits mais n'en commanda pas un deuxième. Il voulait être sobre pour les deux autres établissements de sa liste. Il se sentait mal à l'aise ici, mais il s'y était attendu.

Lorsqu'il fut de retour chez lui, tard dans la nuit, et qu'il passa la soirée en revue, déjà dans les limbes du sommeil, il eut du mal à distinguer les deux premiers établissements dans lesquels il s'était rendu.

L'un comme l'autre avaient été tapageurs, chauds, humides et confinés, remplis de voix, de bruits, de musique ; dans les deux établissements, il y avait eu la même lumière tamisée et la même absence d'atmosphère cosy telle qu'il l'appréciait, ces lieux n'étaient en fin de compte, et nonobstant leur aménagement intérieur, que de vulgaires caves.

Le troisième caveau – il s'appelait *La Petite Volière* et son enseigne montrait par conséquent une volière vide dont la porte était ouverte – ne s'était de prime abord guère distingué des deux précédents, exception faite du videur trapu debout dans la rue qui examinait les clients potentiels avant de les laisser descendre. Il avait eu un rire amusé lorsque Stettler lui avait demandé s'il voulait voir son passeport. Non, c'était inutile, il le croyait sur parole, avait répondu le videur amusé. Stettler s'étonna de cette remarque, qui devait sans doute être une plaisanterie ; il lui rendit donc poliment son sourire.

Les deux bières et le verre de fendant* qu'il avait bus expliquaient peut-être l'entrain avec lequel il descendit les marches. Il ne toucha même pas à la grosse corde qui servait de rampe. Une fois en bas, il poussa la porte du pied et entra.

En voyant les trois policiers en uniforme, il se sentit aussitôt plus en sécurité que dans les autres établissements, alors qu'il aurait dû s'étonner de trouver à une heure pareille et en un tel endroit des fonctionnaires qui, en le voyant arriver, levèrent leurs verres de vin rouge à sa santé. Il trouva pourtant leur attitude surprenante lorsqu'ils le saluèrent comme une vieille connaissance, avant que d'autres clients se glissent entre eux et les cachent à sa vue. Le connaissaient-ils ? Et d'où ? Lui ne les connaissait pas. En tout cas, il ne se rappelait pas les avoir déjà vus. Il n'avait aucune relation dans la police.

La Petite Volière était plus basse de plafond que les caves précédentes, et avait plus de recoins. Elle disposait d'une arrière-salle séparée de la salle principale par d'épais rideaux. Quantité de clients s'engouffraient derrière, d'autres en ressortaient, décontractés et joyeux. Dans l'ensemble, cet établissement n'était pas seulement moins bruyant, mais aussi plus tranquille que les autres, il était vraiment confortable. La

* Vin blanc du Valais.

lumière était tamisée par des abat-jour roses, des haut-parleurs sortait une mélancolique voix de femme qui chantait sur fond de balalaïka. Stettler eut la satisfaction de constater qu'elle ne chantait pas en anglais, mais en allemand. Il aperçut plusieurs canapés et fauteuils recouverts de tissu à motifs floraux qui s'accordait bien aux lampes ; des pots de géraniums étaient posés sur des tables couvertes de petites nappes blanches brodées. Le décor faisait davantage penser à un salon qu'à un dancing, même si les géraniums, à tout prendre, ne sont pas des plantes d'intérieur, mais de balcon. Personne ne dansait. Les clients ne semblaient pas écouter la musique.

Lorsqu'il se rendit compte où il avait atterri, il était trop tard pour rebrousser chemin. Sans qu'il l'eût commandé, on lui avait offert un verre de champagne glacé en signe de bienvenue, apparemment aux frais de la maison, comme s'il était un client régulier et apprécié. Le jeune homme bronzé qui insista pour qu'il l'accepte portait un tricot de peau à côtes et un pantalon moulant vert vif. Stettler s'efforça d'ignorer cette tenue inconvenante.

En prenant le verre, il n'en crut pas ses yeux : le jeune homme lui fit un clin d'œil et avança les lèvres comme pour lui envoyer un baiser. Ce fut à cet instant qu'il réalisa dans quelle sorte d'endroit il avait atterri. Son regard s'arrêta alors sur l'un des policiers qui lui tournaient le dos. Le fond du pantalon de son uniforme avait été découpé et deux fesses nues et velues luisaient à la lumière des lampes sur les tables. Stettler n'était pas n'importe où. Il était en un lieu pour lequel il n'avait pas de mots, un lieu où quelqu'un de son espèce n'avait rien à faire.

Il ne remarqua qu'à ce moment que tous les clients étaient du sexe masculin, il n'y avait pas une seule femme. Les messieurs en uniforme n'étaient pas des policiers, mais des pervers qui avaient la passion des uniformes. C'étaient des fétichistes, il était au courant.

Il n'était pas douteux qu'en dehors de lui, tous les hommes présents faisaient partie de ceux qui désirent d'autres hommes. Stettler serra les doigts autour de son verre et le reposa. Ils le prenaient sans doute pour un des leurs, c'était pour ça qu'ils l'avaient si chaleureusement accueilli. Son front était couvert de sueur. La transpiration coulait de son menton et de son cou jusqu'à son torse moite sous sa chemise gluante. Il soupçonna brusquement le jeune serveur d'avoir bu dans son verre avant de le lui tendre. Heureusement qu'il ne l'avait pas encore porté à ses lèvres. Il n'en boirait pas une goutte. Cherchant une issue du regard, il constata que l'attention des clients se focalisait sur un point à côté du bar, qui se révéla être une scène minuscule. Rien de plus qu'une petite estrade cachée par un rideau rouge.

Les clients attendaient que le petit rideau rouge s'écarte, ce qui se produisit en effet. Un homme en tenue légère avec porte-jarretelles apparut, assis de dos sur une chaise et se mit à chanter – tout en brandissant un long fouet – une chanson que Stettler connaissait bien, avec laquelle il avait en quelque sorte grandi, la chanson des papillons qui tournent autour d'une flamme et s'y brûlent. Une fois il avait dédié une vitrine à *L'Ange bleu*, c'était une publicité pour des bas de soie. Mais là, ce n'était pas Marlène Dietrich. Sur cette chaise-ci se vautrait un monsieur pansu entre deux âges, affublé d'une perruque blonde et sans la moindre ressemblance avec son modèle. La musique provenait d'un disque. Le minable imitateur essayait tant bien que mal de bouger ses lèvres à l'unisson. Les spectateurs marquaient leur approbation par des rires et des sifflets, certains chantaient même avec lui. Tout le monde connaissait les paroles.

Stettler parvint à s'éclipser discrètement.

En remontant de la cave, il fut content de pouvoir s'accrocher à la corde. Mais dès qu'il fut dans la rue – où le videur le regardait à présent avec méfiance – il regretta d'y avoir touché. Il renifla ses mains et crut flairer une odeur de sang et de sperme. Il les plongea avec soulagement dans l'eau d'une grande fontaine proche, sur laquelle un ours en pierre dansait avec une fillette aussi minérale que lui. À la maison, il se les laverait au savon.

À minuit et demi il était de retour chez lui. Jamais depuis son service militaire, où il avait régulièrement monté la garde, il ne s'était couché si tard. Il lui fallut un certain temps avant de se résoudre à se mettre au lit. Il avait besoin de se détendre. Au fond du bahut du salon, il découvrit une bouteille d'eau-de-vie de cerise et des verres à schnaps qui n'avaient jamais servi ; ses parents les avaient reçus en cadeau de mariage. Ils étaient ternis par les ans. Il prit un verre, essuya la poussière vieille de plusieurs décennies qui le couvrait, puis le frotta sur sa chemise.

Il n'avait pas l'habitude de boire de l'eau-de-vie ; il espérait que l'alcool le purifierait et le tranquilliserait. Personne ne l'avait touché. Aucun de ces pervers ne lui avait posé le doigt dessus. Mais les regards aussi avaient un pouvoir, et ce pouvoir perdurait. Il repensa au champagne contaminé, à la langue pointue du jeune homme frétillant dans le verre, à cette langue dans la mousse, repensa avec effroi à la salive du jeune homme qui s'était mêlée au champagne. Bien qu'il n'en ait pas bu une goutte, il se sentit mal brusquement. Il vit l'un des policiers glisser son membre rigide entre les fesses de l'autre et l'y enfoncer comme un chien. Il vit le membre disparaître puis réapparaître, disparaître puis réapparaître. Deux chiens habillés. Ils avaient tourné leur tête vers lui, l'un comme l'autre, lui souriaient et lui portaient un toast ; ni l'un ni l'autre n'avait lâché son verre.

Stettler se leva pour aller vomir, mais il fit demi-tour en chemin et se reprit. L'eau-de-vie agissait. Elle avait chassé la repoussante image de son esprit. Il renifla néanmoins ses doigts une nouvelle fois. Ils ne sentaient ni le sperme, ni le sang, ni l'urine, ni la merde, ils sentaient uniquement le revêtement graisseux du verre et la nappe cirée sur laquelle il avait été posé pendant des décennies. Il but une nouvelle gorgée et constata que l'image hideuse était bannie, l'image des faux policiers s'était évanouie comme un mirage. Le verre était vide et il était fatigué. Il se leva, se déshabilla et se coucha sans s'être brossé les dents ; cela non plus ne s'était pas produit depuis son service militaire.

Il s'endormit sur-le-champ.

Son sommeil ne dura qu'une soixantaine de minutes. Lorsqu'il alluma pour regarder sa montre, il était deux heures, le plafond tournoyait. Il le stoppa net en éteignant la lampe. Le sentiment d'être à bord d'une embarcation qui tanguait persista. Il naviguait sur le roulis entre le rêve et l'éveil. Les événements de la soirée s'infiltraient comme à travers le chas d'une aiguille, chaque instant se glissait péniblement à travers la minuscule ouverture, jusqu'à ce qu'il n'y eût plus moyen de passer et que tout devînt noir.

Quand Stettler se réveilla à trois heures et demie, Bleicher était debout devant lui. C'était inattendu. Était-ce lui, l'homme qu'il avait cherché la veille ? Il fut soulagé d'avoir trouvé la solution, cela éclairait tout.

Le rêve était aussi tangible que la réalité. Il voulut sommer Bleicher de s'expliquer. Ils étaient debout, l'un en face de l'autre. Ils étaient dans la dernière cave, dans *La Petite Volière*. Un policier nu leur fit signe de la scène. Stettler savait ce qu'il avait à faire avant de s'endormir. Bleicher aussi portait un uniforme. Ses fesses étaient nues. Bleicher était vert. Il tendit la main vers lui. Puis Stettler s'endormit enfin.

Le lendemain, il ne se souvenait plus que de détails de la soirée et de la nuit. Il fut d'abord incapable de distinguer entre ce qu'il avait réellement vécu et ce qu'il avait simplement rêvé. Il ne voyait plus que des fragments ou des bribes, les uns brillaient avec éclat, d'autres n'étaient que des reflets. Il avait bu plus que de raison. À présent, il voulait oublier l'expérience.

Il préférait ne pas penser à ce que cela aurait été de tomber sur un collègue, une connaissance ou un proche. Il devait mettre de l'ordre dans ses pensées. Quoi de plus indiqué qu'un dimanche paisible. Il pensa à Bleicher. Il pensa aux faux policiers.

Il se ressaisit. Essaya d'être comme d'habitude. Il allait boire du café fort car le café dilate les vaisseaux. Il voulait regarder le dimanche en face et rester à la maison, l'esprit libre. Il craignait que rien ne soit plus comme avant. Il essaya de mettre de l'ordre dans le chaos qui régnait en lui. Il allait écouter la radio et parcourir les articles qu'il avait découpés au cours de la semaine dernière et empilés pour les lire plus tard. Et les jeter ensuite. L'après-midi, il irait se promener au bord de la rivière pour observer les écureuils qui s'approchaient sans crainte des enfants et mangeaient dans leurs mains comme si c'étaient des petits paniers de victuailles. Il appellerait aussi sa cousine. Elle serait étonnée car il ne lui avait plus téléphoné depuis des mois. Non, il ne l'appellerait pas. Ils n'avaient rien à se dire.

Sa sérénité fut de courte durée.

Il perdit son sang-froid lorsqu'il sortit prendre l'air sur son balcon, peu avant huit heures – il avait dormi deux heures de plus qu'en semaine. L'air était frais et pur. Il leva comme toujours les yeux pour voir si le ciel était couvert ou dégagé (il était dégagé), puis regarda la cathédrale, ainsi qu'il le faisait d'instinct tous les jours de l'année. Il en eut le souffle coupé.

Il n'en crut pas ses yeux, mais il ne rêvait pas. Un drapeau battait au sommet de la flèche, un chiffon, une étoffe, un bout de tissu imprimé. Ce n'était ni de la fumée, ni du brouillard, ni un nuage, ni une illusion d'optique. C'était réel. Le ciel, sur lequel la flèche de la cathédrale se découpait avec une impeccable netteté, était limpide. Le vent fraîchissait et se calmait.

Il eut d'abord du mal à s'expliquer ce qu'il voyait, c'était par trop étrange : quelqu'un avait hissé un drapeau au sommet de la cathédrale. Jamais il n'avait vu là-haut une chose pareille. Les banderoles et les étendards n'avaient rien à faire sur les églises, qu'elles fussent catholiques ou protestantes. Le jour de l'armistice, on avait fait sonner les cloches de toutes les églises du pays, mais on n'avait hissé de drapeaux que sur les places et les bâtiments publics. Et à présent, ceci.

Quelque chose d'exceptionnel avait dû se produire ce dimanche. Qu'avait-il raté ? Ce drapeau, était-ce celui de la Confédération, celui du canton ? Ou bien un drapeau privé ? C'était impossible à voir car le vent était tombé. Le drapeau pendait mollement. Stettler songea brièvement à allumer la radio mais, en regardant sa montre, il constata qu'il était huit heures passées de sept minutes. Ce n'était pas l'heure du journal. Il allait devoir attendre.

Il rebroussa chemin, traversa l'appartement et ouvrit le placard du vestibule. Il fouilla l'étagère du milieu, remplie d'outils, d'ampoule et de torchons, à la recherche de ses jumelles militaires, qu'il n'avait pas utilisées depuis des années, puis retourna sur le balcon. Il les porta à ses yeux et en régla la netteté. Mais ce qu'il vit, lorsque le vent souffla un instant et déploya le drapeau, ne lui dit rien : une barre rouge en haut, une barre bleue en bas, et une étoile jaune au centre. Si ce drapeau représentait une nation, elle lui était inconnue. Beaucoup de pays ont des étoiles et des barres sur leur drapeau.

Quand il abaissa ses jumelles et regarda autour de lui, il vit au moins une douzaine de gens debout sur leur balcon ou à leur fenêtre, qui fixaient la flèche de la cathédrale, la montraient du doigt, l'air éberlué, s'étonnaient et se consultaient. Finalement quelqu'un s'exclama : « C'est un coup de nos petits révolutionnaires. C'est le drapeau du Viêt-công ! » Alors pour Stettler ça fit tilt. Tout allait de pair.

8

L'été

Un dimanche après-midi de juin, il entendit pour la première fois non seulement son nom et son jeu pianistique, mais aussi sa voix. Stettler était tombé par hasard sur l'émission *Notes sonores, voix assourdies*, consacrée la plupart du temps aux chanteuses et chanteurs, mais parfois aussi aux instrumentistes et chefs d'orchestre. Le plus souvent, leurs noms lui étaient inconnus. D'habitude, il changeait de fréquence. Mais à peine le speaker avait-il annoncé le nom de la cantatrice dont l'enregistrement venait d'être diffusé – la « grande Erna Sack avec le *Concerto pour soprano colorature* de Glière » – que fut mentionné « le phénoménal pianiste russe récemment décédé, Sergueï Merechkovski ». Stettler n'avait jamais entendu ce nom et il ne se serait pas attardé sur l'émission si le speaker n'avait évoqué « sa célèbre disciple, bien connue chez nous, notre chère pianiste de radio, Lotte Zerbst », qu'il promettait d'interroger sur le défunt sitôt diffusé le troisième mouvement de la *Deuxième sonate pour piano* de Chopin.

Après la fin de la célèbre *Marche funèbre* – un enregistrement plein de parasites, qui déplut à Stettler – le speaker résuma la carrière internationale brève mais couronnée de succès de l'enfant prodige né en 1896 à Saint-Pétersbourg, aujourd'hui Leningrad, qui avait réussi, très jeune, à fuir les troubles révolutionnaires russes pour se réfugier en Allemagne, où il s'était rapidement fait un nom. Il s'était plusieurs fois produit avec les orchestres philharmoniques de Vienne et de Berlin, sous la baguette de Nikisch et de Furtwängler ; ses interprétations exemplaires, immortalisées au disque, des trois premiers *Concertos pour piano* de Rachmaninov – au moins trois douzaines de 78 tours, à l'origine – et du *Premier concerto pour piano* de Tchaïkovski, restaient des enregistrements de référence. La postérité ne mesurait pas sa chance de pouvoir en disposer. Il n'avait pas suivi l'appel de Willem Mengelberg de le suivre à New York, pas plus qu'il n'avait cédé aux sirènes de Toscanini. Quand celui-ci fut nommé chef principal de l'orchestre philharmonique de New York, en 1926, Merechkovski avait déjà mis fin à sa carrière, pour des raisons qui demeuraient mystérieuses. Des rumeurs avaient couru qui, à y regarder de plus près, s'étaient révélées être de pures divagations. Puis était venue la sombre période de la guerre, qui avait balayé la célébrité de Merechkovski. Il était tombé dans l'oubli. Le speaker conclut en annonçant qu'il allait à présent s'entretenir avec Lotte Zerbst de l'importance de ce pianiste singulier, que l'on pouvait à juste titre qualifier d'égal d'Horowitz et de Rubinstein.

Bien que Stettler écoutât attentivement, il eut du mal à suivre leur conversation. Il comprenait tout à fait de quoi ils s'entretenaient – de la conception qu'avait Merechkovski de la fidélité à l'œuvre, de la tradition pianistique russe, de son modèle Anton Rubinstein, qu'il n'avait pas connu personnellement (il n'était qu'un enfant lorsque l'autre était mort), de sa prédilection pour le romantisme tardif, de sa conception peu orthodoxe de Beethoven, de l'absence frappante de Mozart dans son répertoire – mais rien de tout cela ne l'intéressait. Ce qui le captivait en revanche, c'était le son de la voix de Lotte, qui racontait qu'elle ne l'avait, elle non plus, jamais entendu en concert, qu'elle ne connaissait ses interprétations que par de rares disques qu'il avait enregistrés au cours de sa carrière si regrettablement brève. Mais quand, venue toute jeune de sa province, elle s'était présentée chez lui à Berlin, elle avait immédiatement eu conscience de sa véritable grandeur. Elle mesurait sa chance d'avoir été acceptée comme son élève. À cette époque déjà, il ne jouait plus en public, dit-elle en guise de réponse à une question de son interlocuteur. « Et il jouait rarement entre ses quatre murs, en tout cas en ma présence, deux ou trois mesures tout au plus. »

L'interviewer demanda si son génie ne transparaissait pas même dans ces quelques sons, mais Lotte Zerbst se montra circonspecte. L'évocation d'un passage d'une sonate de Beethoven n'était pas, tant s'en faut, l'œuvre complet de Beethoven ; quelques notes sur un piano à domicile n'étaient pas Merechkovski tout entier. « Je suis pour la chose entière, même si j'ai, pour ma part, fait trop d'enregistrements pour croire à une vérité unique. L'interprétation définitive n'existe pas. Le Merechkovski que j'ai connu était celui qui m'a fait avancer dans mon évolution artistique. Il n'a pas cherché à me modeler selon ses propres critères. Il n'a pas cherché à m'imposer sa façon de voir la musique. S'il m'a encouragée à quelque chose, c'était à affiner mon propre point de vue et à regarder ce qui se dissimule derrière la partition. J'ai appris beaucoup de choses à son contact. Son enseignement, ce n'était pas de me jouer quelque chose afin que je le répète fidèlement après lui.

– N'a-t-il jamais songé à reprendre son activité de concertiste ?

– Il menait une vie très retirée. Je suis malheureusement incapable de répondre à votre question.

– L'avez-vous revu après la guerre ?

– Hélas, non. »

Pourquoi avait-elle menti, pourquoi avait-elle répondu par la négative, qu'est-ce qui l'avait poussée à dire une contre-vérité, qu'est-ce que ça lui aurait coûté de répondre par l'affirmative, à présent qu'il n'était plus en vie ?

La dernière fois que je l'ai revu, c'était à l'occasion de l'inauguration de la Philharmonie de Berlin, le 15 octobre 1963. Ensuite je n'ai plus jamais eu de ses nouvelles.

Mais ce n'était pas vrai. Il lui avait écrit une nouvelle lettre et l'avait appelée. Elle s'était montrée distante et froide.

Il l'avait suppliée de parler à la direction de sa radio de la possibilité d'enregistrer en studio les sonates les plus célèbres de Beethoven : *Les Adieux*, *Hammerklavier*, *Clair de lune*, *Pathétique*, *Waldstein* et *Appassionata*, au moins cela ; il ne pouvait pas savoir qu'elle n'avait jamais fait part de son projet à quiconque, non par bassesse et esprit de vengeance, mais parce qu'elle voulait préserver le vieil homme de l'opprobre que représenterait un inévitable échec. Elle l'avait observé avec assez d'acuité pour savoir qu'il n'était plus que l'ombre de lui-même. Elle ne comprenait pas les raisons de son entêtement. Avait-il besoin d'argent ou croyait-il vraiment devoir immortaliser son art dans l'état où il était ?

« Il aurait eu encore beaucoup de choses à nous dire. »

C'est par ces chaleureuses paroles d'affection, où Stettler crut entendre comme un regret inconsolable, que la pianiste conclut l'entretien consacré à Merechkovski. Aujourd'hui encore, trente ans après ses ardentes années d'études, elle était remplie de gratitude pour son ancien professeur, qui n'avait rien laissé à la postérité sinon le grand art de Lotte Zerbst, dont il avait très tôt reconnu et encouragé le talent. Entre-temps, le nombre d'enregistrements réalisés par elle représentait le centuple des morceaux qu'il avait gravés. La friture, les grésillements et les raclements du vieux disque, sur lequel le son du piano était alternativement sourd, métallique ou désaccordé, illustraient le peu qui en restait. Aux yeux de Stettler, cela ne soutenait pas la comparaison avec les enregistrements de Lotte Zerbst.

Il faisait très chaud en ce début de soirée. Stettler s'autorisa une bière sur le balcon. Il avait le gosier sec et transpirait, tout en ressentant un froid dans tout le corps, ses doigts étaient raides, ses pieds insensibles, ses genoux ankylosés. Il avait passé toute la journée à ramper dans les vitrines pour installer la mode balnéaire, les jarrets tétanisés, à présent ses mollets étaient douloureux. À peine capable de se redresser au moment d'émerger des vitrines, il avait poussé un tel gémissement que les apprentis s'étaient tournés vers lui.

Depuis quelques semaines, il buvait une bière tous les soirs, parfois deux, rarement trois, jamais quatre.

Cela lui faisait un bien fou, surtout quand il faisait chaud, surtout quand il était fatigué. Du vivant de sa mère, jamais il n'y aurait songé. Il n'était pas conscient, à cette époque, de l'empire qu'elle avait sur lui. Était-ce réellement le cas ? Beaucoup de choses impensables alors étaient aujourd'hui possibles. Était-ce elle qui l'avait empêché de fonder une famille ? Sa seule présence avait-elle entraîné cela ?

Le thermomètre en forme de pomme de pin fixé au mur du côté ombragé affichait toujours vingt-huit degrés. Stettler jeta un coup d'œil aux maisons voisines. Avec un étonnement toujours renouvelé – il ne parvenait pas à s'y habituer – il voyait, depuis un certain temps, certains hommes se montrer en maillot de corps sur leur balcon dès que la température le permettait, et pas seulement des jeunes, mais des hommes de son âge, de tout âge. Il les méprisait du plus profond de son âme. Quelle époque, grand Dieu ! Ils étaient assis, à moitié nus, à boire de la bière en se chamaillant avec leur femme et leurs enfants. Il aurait aimé en parler avec des gens comme lui, et aussi du vieillissement, de la vie d'avant, comme il avait discuté, à l'époque de son service militaire, avec ses camarades ; une conversation cordiale mais en gardant ses distances. À présent, la retraite se rapprochait, il essaya d'écarter cette pensée, mais ne parvint pas à la refouler. L'incongruité, c'était qu'il en rendait Bleicher responsable. Il pensait à Bleicher plus que de raison.

Il leva les yeux vers la flèche de la cathédrale. Depuis ce dimanche de mai, il éprouvait le besoin quasi compulsif de s'assurer régulièrement qu'aucun drapeau n'avait été hissé là où il ne devait pas se trouver. Ni aujourd'hui, ni hier, ni la semaine dernière. Il y avait presque deux mois de cela et, presque tous les jours, dans le monde entier, il avait été question de manifestations d'étudiants qui exigeaient des libertés qui lui étaient étrangères. Mais nulle part ailleurs on n'avait hissé un drapeau sur une cathédrale. Si un de ses apprentis avait été surpris en train de participer à un tel rassemblement, il aurait passé un sale quart d'heure. Son licenciement n'aurait fait aucun doute.

La pointe de la flèche haute de soixante mètres, achevée seulement au XIXe siècle, se dressait dans le ciel, mince et nue, comme une gigantesque aiguille de compas. Ça donnait à Stettler un sentiment de sécurité. Il se sentait tout à fait calme.

Ils avaient réagi bien avant midi. À onze heures et des poussières, Stettler, et tous les curieux qui, comme lui, levaient la tête à leur fenêtre, sur leur balcon ou dans la rue, purent suivre la manœuvre dangereuse pour enlever le drapeau : deux hommes équipés de crampons avaient eu le courage de monter, deux employés de la poste, ainsi qu'on l'apprit plus tard, qui en temps normal escaladaient des pylônes de télécommunication pour déployer des fils neufs ou endommagés. Stettler n'était pas le seul à les admirer. Et il n'était pas le seul à croire qu'ils entendaient, là-haut, des choses qui n'étaient pas destinées aux oreilles des personnes non autorisées. On n'apprit pas vraiment qui avait planté le drapeau. Mais il y avait eu des témoins de l'incident, un couple de retraités qui prétendait avoir observé l'action politique – c'est ainsi qu'on appelait ce délit – mais sans pouvoir fournir une description précise de son auteur. Il s'agissait d'un individu, d'un jeune homme qui, au dire des retraités, avait grimpé avec la vélocité et l'assurance d'un singe.

Stettler avait toujours la voix de Lotte à l'oreille, comme si elle était assise à côté de lui et qu'ils s'entretenaient. Il aurait donné cher pour la voir. Comme il aurait été pratique de posséder un téléviseur, qui pouvait vous montrer les images dont vous étiez dépourvu ! L'écran lui aurait donné un visage. À la radio, elle n'était qu'une voix.

Son propos n'avait pas eu tellement d'importance, l'essentiel était la chaleur de sa voix sur laquelle se déployait ce qu'elle disait, une couche de soie et de mousse végétale, pensa Stettler, qui voyait cette couche comme s'il s'agissait d'une décoration de vitrine. Il retint la formule *de soie et de mousse végétale*. Un jour, il l'emploierait peut-être. Dans une autre lettre à la pianiste, peut-être. Il regrettait de ne pas posséder de magnétophone, un de ces appareils dernier cri qui lui aurait permis de l'enregistrer ; il était temps qu'il s'en offre un. Le magnétophone conserverait sa voix et il pourrait ensuite l'écouter quand bon lui semblerait ; sans parler des enregistrements d'œuvres pour piano, diffusés presque quotidiennement.

Il s'était assoupi, le verre de bière à moitié plein à la main, et en se réveillant, il se souvint d'avoir rêvé de Lotte et de trois enfants, il ne se rappelait pas si c'étaient des garçons ou des filles, mais le souvenir se brouilla au moment où il voulut le restituer.

Lotte Zerbst n'aurait jamais d'enfants de lui, il était trop vieux. Mais il pouvait la rencontrer. Il pouvait la voir et lui parler, parler de tout, des enfants qu'ils n'avaient pas eus et qu'ils n'auraient jamais, de sa mère à lui et de sa mère à elle, dont il ne savait rien. Parler de choses et d'autres, librement, comme le font tous les couples. Il ouvrit une quatrième bière.

9

L'automne

La première vitrine de Bleicher se fit attendre. C'était comme si on l'avait mis sur une voie de garage à peine son contrat signé, ou bien qu'on ne se l'était payé que pour le retirer du marché, comme pour souligner encore plus son importance aux yeux de Schuster et de la concurrence. Mais l'impression était trompeuse, naturellement. Le simple fait de l'avoir recruté avant la mise à la retraite de Stettler était une preuve suffisante. La menace que représentait ce rival fantomatique était palpable, qu'il le vît ou non, qu'on parlât de lui ou non. Depuis que Stettler avait été informé de l'embauche de Bleicher, voilà déjà plusieurs mois, il ne l'avait croisé qu'une demi-douzaine de fois tout au plus, mais cela ne changeait rien à son omniprésence. Il avait beau être invisible, il était là.

Quand ils se croisaient, Bleicher saluait toujours le premier, avec politesse et distance, Stettler lui rendait son salut en faisant bonne contenance. Il ne voulait paraître ni arrogant, ni obséquieux, et encore moins intimidé ou alarmé. Ils n'avaient jamais eu la moindre conversation. Bleicher percevait-il l'inquiétude de Stettler ? On ne pouvait pas tromper un homme comme Bleicher. Rien n'aurait été plus naturel pour eux que d'échanger quelques propos sur leur métier et son avenir ; mais ils n'en avaient aucune envie. Stettler avait le sentiment de vivre dans le passé pendant que Bleicher se projetait dans l'avenir. Stettler était un spectateur, Bleicher opérait sur une scène invisible.

Stettler se tenait sur ses gardes et surveillait ceux qui l'entouraient avec plus d'acuité encore qu'auparavant. Et en particulier ses apprentis et Mlle Hodel, son assistante de longue date. Il se faisait fort de surprendre son comportement envers Bleicher. Il guettait les remarques sur Bleicher, d'ailleurs elles étaient rares, comme si tous évitaient prudemment de mentionner leur futur supérieur en présence de Stettler.

Ses capacités de perception s'étaient aiguisées, elles étaient en alerte constante. Peu importait qu'on parle ou qu'on ne parle pas de Bleicher, il était contrarié par l'un comme par l'autre, l'un comme l'autre l'inquiétaient et perturbaient son travail. Il devait faire un effort pour se concentrer, et pour ne pas penser à Bleicher – sans succès.

Il ignorait même où se trouvait son bureau. À côté de celui d'Arthur Schuster ? À quel étage ? Il ne pouvait pas poser la question. Demander aurait signifié montrer de l'intérêt, ce qu'il se refusait à faire. Avait-il même une pièce à lui, venait-il travailler chaque jour, travaillait-il ailleurs, combien de collaborateurs avait-il ? Pourquoi n'en parlait-on pas en sa présence ? Uniquement parce qu'il ne posait pas la question ? Si les autres ne mentionnaient pas Bleicher, cela ne pouvait pas être seulement pour le ménager. Stettler s'aperçut alors, ce qui lui avait échappé jusque-là, qu'il se passait beaucoup de choses aux *Quatre Saisons* dont il n'avait pas idée.

Montrer de la curiosité aurait pu être interprété comme de la fatuité ou de la jalousie. On le laissait se triturer la cervelle pour deviner ce que fabriquait et où se trouvait Bleicher. Il ne pouvait pas croire que Bleicher fût inactif.

C'était comme si Bleicher était tapi derrière des portes fermées, attendant sa proie comme une araignée. Le temps travaillait pour lui. Moins il se montrait, plus sa présence muette devenait menaçante au cœur du vide apparent. Stettler crut savoir que Bleicher n'attendait plus que son heure. Il fallait s'attendre à ce qu'elle arrive à tout moment.

La nouvelle que la conception de la décoration de Noël était cette année confiée à Bleicher plutôt qu'à lui arriva à Stettler dans la première semaine d'octobre, pendant qu'il mettait la dernière main à la vitrine d'automne, à la palette chaude de tons rouges et ocre (les *feuilles mortes* en soie d'un réalisme saisissant avaient été fabriquées à Lyon et livrées juste quelques jours avant ; leur aspect correspondait tout à fait à l'image que Stettler s'en était faite d'après des photos qui, c'est connu, peuvent être trompeuses) ; sur son bureau s'entassaient déjà des douzaines d'esquisses pour les vitrines de Noël qui, cette année, devaient être encore plus solennelles et éclatantes qu'à l'ordinaire, car il avait l'intention de les peupler d'armées de créatures angéliques qui devaient y voler, glisser et flotter sous les formes les plus diverses.

Ce projet tombait donc à l'eau. Il eut d'abord du mal à le croire. Tout ce travail, toutes ces idées, pour rien. Tout devint noir devant ses yeux, et cette noirceur l'envahit immédiatement.

La nouvelle ne lui fut annoncée ni par Schuster ni par Bleicher, mais par Mlle Hodel, qui n'avait pas habituellement voix au chapitre mais juste à exécuter le travail qu'il lui confiait ; ce fut une humiliation supplémentaire. Le maillon le moins important de la petite chaîne de commandement de son département avait reçu la mission de l'informer d'une décision lourde de conséquences, manifestement prise de longue date par des responsables qui savaient déjà tout. En y réfléchissant par la suite, il croyait bien avoir vu un air de triomphe sur le visage de vieille fille de Mlle Hodel, d'ordinaire si fermé.

On lui avait retiré le travail le plus important de l'année et, partant, la confiance. Il n'avait pas eu son mot à dire, cela allait de soi ; il aurait pourtant préféré qu'on l'implique dans le processus décisionnel, ne serait-ce que pour la forme – car on ne lui aurait certainement pas demandé son avis.

Certes Stettler s'attendait à tout mais cette nouvelle l'abattit comme un coup de feu. Il faillit perdre conscience. Tombé de son haut, il était à terre. Il lui faudrait des jours, voire des semaines pour se relever.

Il termina son travail sur la décoration d'automne aussi résolument et consciencieusement que d'habitude, mais plus silencieusement que jamais. Il paraissait absent, même si rien ne lui échappait. À la fin, tout fut en place, comme de coutume. Rien ne fut laissé au hasard ou à l'incurie de ses collaborateurs, chaque feuille morte, chaque pli, chaque mannequin, chaque source de lumière était parfaitement à sa place.

Quand ses collaborateurs commirent une erreur, il leur indiqua brièvement ce qu'ils devaient améliorer, mais sans jamais les regarder dans les yeux, il regardait à côté ou à travers eux, dans les espaces infinis d'un univers où nul n'avait le droit de pénétrer. Les lèvres pincées, il compara la réalisation de ses idées avec les plans qu'il avait dessinés et mit la main à la pâte partout où c'était nécessaire. Il n'ouvrit pas la bouche là où il aurait jadis élevé la voix. On aurait dit qu'il ne voyait que son travail, tandis que ses collaborateurs étaient devenus transparents. Aussi ne fallait-il pas s'étonner si ceux-ci ne lui adressèrent pas la parole, eux non plus. Sans doute se réjouissaient-ils d'avance de bientôt travailler avec Bleicher. La bouche de Stettler était une forteresse impénétrable, un trait. Il semblait glorifier son repli sur lui-même comme un moine qui avait fait serment d'ascétisme.

Le monde de Stettler était ébranlé. Le drapeau du Viêt-công flottait au-dessus de lui. C'était Bleicher, que les autres appelaient désormais familièrement Werni, qui l'avait hissé. Werni, qu'ils trouvaient passionnant et intéressant, débordait de nouvelles idées, faisait souffler un vent nouveau, incarnait le changement de génération. On voyait clairement qui avait lancé l'assaut, qui était sur la défensive et qui allait avoir le dessous.

Jamais ils n'avaient parlé de lui comme ça, ou alors Stettler l'avait oublié. Cela faisait tant d'années qu'il travaillait ici qu'il n'arrivait plus à se souvenir de ses débuts avec exactitude.

Alors Stettler se remit à rêver de Bleicher. Il ne pouvait s'en empêcher. Celui-ci lui apparaissait presque toutes les nuits et dans ses rêves il l'appelait Werni à son tour, mais quand il l'appelait ainsi, quand il l'appelait Werni, Bleicher ne réagissait pas, peu importait que Stettler le flatte ou le menace. En rêve, tout était différent de la réalité, mais quand il se réveillait, il craignait toujours que la réalité ne se fût conformée à son rêve.

Un jour, il s'était réveillé convaincu que c'était Bleicher qui avait escaladé la tour de la cathédrale pour y hisser le « drapeau blasphématoire », comme l'avait qualifié le quotidien le plus renommé de la ville, le drapeau de l'ennemi des États-Unis, l'étendard du communisme agressif, le visage voletant au vent de l'anticapitalisme. Se réveillant en sursaut, Stettler résolut fermement de porter plainte contre lui. Il avait beau avoir perdu de l'influence et du respect au sein du grand magasin, les autorités, elles, prendraient sa parole au sérieux en raison de son âge et de sa conduite irréprochable. Ce qui intéresserait la police, ce n'était pas le manque de soutien de la part de ses collègues, mais les faits et l'élucidation de cas non résolus.

Même si sa conviction diminuait à chaque seconde que le rêve s'éloignait, des bribes continuèrent à flotter des jours durant à la surface de sa conscience. Aux yeux de Stettler, Werner (Werni) Bleicher était un loup déguisé en agneau, un représentant de ceux qui descendaient dans la rue, les hippies et les manifestants, de ceux qui organisaient des sit-in, mettaient le feu à des centres commerciaux, brandissaient des affiches avec le portrait de Che Guevara, scandaient « Hô ! Hô ! Hô Chi Minh » et voulaient de force changer le monde jusqu'à ce qu'il devienne méconnaissable pour les gens honnêtes, travailleurs et discrets comme lui. Même s'il se comportait comme un collègue au travail, ses véritables intentions étaient difficiles à cerner.

Lotte reçut une nouvelle lettre du Suisse inconnu, dont le nom lui était désormais familier.

Il lui écrivait à quel point l'émission consacrée au pianiste russe – dont il n'avait de toute évidence pas retenu le nom – l'avait impressionné. Mais ce qui l'avait tout particulièrement charmé, c'était sa merveilleuse voix à elle, si chaude et si harmonieuse ; il avait ressenti une joie inespérée en l'entendant non seulement jouer, mais aussi parler. Une voix, surtout, une voix si humaine, c'était tout de même moins abstrait et lointain que le son d'un piano, même s'il était l'authentique moyen d'expression de la grande artiste qu'elle était. Il ajoutait qu'il ne devait qu'à un pur et heureux hasard d'être tombé au bon moment sur cette station allemande, qu'il n'écoutait que dans l'espoir « de pouvoir y entendre un de vos beaux enregistrements ».

Il profita donc de l'entretien consacré à Merechkovski pour la complimenter une nouvelle fois, ce qu'elle trouvait effectivement flatteur, comme elle dut se l'avouer. Les lettres d'admirateurs sans grandes connaissances musicales, sans maîtrise en tout cas du vocabulaire spécialisé – ils ne savaient pas distinguer les quintes des quartes, mais trouvaient des mots aimables pour en féliciter l'exécution –, ne comptaient pas dans un quotidien que rien ne venait perturber. Son existence discrète, pour ne pas dire solitaire, se passait entre un appartement modeste où régnait son Bechstein et le grand studio de la radio avec deux Steinway, deux studios d'enregistrement et un grand auditorium, où elle pouvait facilement se rendre à pied de son domicile. Elle n'avait que cinq cents mètres à faire en longeant la rivière qui serpentait à travers la ville pour se retrouver dans le jardin soigné, abondamment fleuri jusqu'en automne, qui entourait les bâtiments de la radio ; tous les printemps, on mettait de l'engrais autour des rosiers et on y plantait des dahlias.

C'était sûrement une période difficile pour elle, écrivait-il. Le décès d'un maître et d'un mentor célèbre était toujours une grande perte – et en lisant cela, elle songea involontairement que cet inconnu était peut-être l'unique personne à laquelle elle aurait pu confier la vérité sur Merechkovski, parce qu'ils n'étaient rien l'un pour l'autre ; c'était justement ce rien qui pouvait être salutaire.

Sa lettre si mûrement réfléchie ne comportait pas la moindre faute d'orthographe ou de grammaire. Elle supposa qu'il avait d'abord rédigé un brouillon avant de mettre sa lettre au propre. Ce contrôle auquel il soumettait ses paroles permettait de faire des déductions quant à sa profession, qu'il n'avait mentionnée ni dans sa première lettre, ni dans sa deuxième, il était peut-être avocat, ou fondé de pouvoir, ou encore commerçant, ou, plus probablement, universitaire. Son style et sa retenue autorisaient les conclusions les plus diverses.

Elle pariait qu'il était veuf ou célibataire. Elle ne le croyait pas homosexuel, car elle était convaincue que les homosexuels s'intéressaient aux chanteuses et aux chanteurs plutôt qu'aux pianistes, ce qu'elle n'aurait confié qu'à une chanteuse. Il ne disait également rien de son état civil, lui seul savait si c'était intentionnel ou non. Elle ne pouvait faire que des suppositions.

Le lendemain elle décida de lui répondre, en lui annonçant qu'elle donnerait un concert dans sa ville le 6 février. Ce n'était pas la première fois qu'elle se produisait en Suisse, elle avait déjà joué sous la direction d'Ansermet et de Nussio à Genève et à Lugano, mais elle n'avait encore jamais donné de récital en Suisse alémanique. Elle serait ravie, lui écrivit-elle, de pouvoir l'inviter à assister à ce concert où elle jouerait le *Deuxième concerto pour piano* de Chostakovitch sous la direction de Kletzki ; elle le pria de lui indiquer s'il souhaitait qu'elle réserve une ou deux places à son nom ; cela lui permettrait accessoirement d'apprendre s'il était marié.

10

L'hiver

Bleicher semblait parler sans arrêt d'Oskar Schlemmer et de Caspar David Friedrich, comme s'il en était le découvreur, le mécène, la réincarnation ou l'exécuteur testamentaire.

Stettler eut un aperçu des préférences et du comportement de Bleicher, dans sa façon de travailler et de commander, un après-midi où Mlle Hodel l'avait arraché de façon inespérée à sa léthargie. Si elle s'était subitement détournée de Bleicher pour revenir à son véritable supérieur, c'était parce que Bleicher, après l'avoir tolérée en silence comme collaboratrice, lui avait passé un savon devant tout le monde parce qu'elle avait parlé avec dédain d'Oskar Schlemmer, à qui il vouait une vénération infinie mais dont le nom était jusque-là inconnu de Mlle Hodel et de ses collègues. En tant que fidèle de la bibliothèque cantonale, elle n'avait eu aucun mal à trouver des informations sur ce peintre presque oublié et dont le musée des Beaux-Arts ne possédait pas même un dessin. Le savoir lui avait été fatal.

« Il faut que je vous parle, il s'agit de Bleicher », avait-elle chuchoté à Stettler entre deux portes, elle n'osait pas le regarder en face, mais il put voir un grand désarroi dans ses yeux. D'une voix étouffée, elle lui indiqua un salon de thé que Stettler connaissait bien sûr. Il s'agissait d'un établissement ancien et de bonne réputation, où l'on ne servait pas d'alcool. Plusieurs décennies auparavant, sa mère y donnait souvent rendez-vous à ses amies pour leur thé de l'après-midi.

Il sentit tant d'urgence dans le ton de Mlle Hodel qu'il n'eut pas d'autre choix que d'accepter. Il était curieux d'apprendre ce qu'elle avait à lui dire sur Bleicher.

« À six heures au café Wander », lui avait-elle glissé et il avait hoché la tête. Il tiendrait parole et, à l'heure convenue, il irait retrouver la vieille fille, qui s'occupait des textures, des textiles et de la vaisselle. Ils ne discuteraient sûrement pas des vertus comparées des produits français ou italiens.

Il était déjà là depuis dix minutes lorsqu'elle parut. Il ne manifesta pas d'impatience. Elle prit place à la table ronde décorée de fleurs séchées, manqua s'asseoir sur son petit sac à main et commanda une tisane au cynorrhodon avec beaucoup de sucre. Puis elle lui raconta hâtivement ce qui s'était passé la veille au cours d'une réunion avec Bleicher. L'objet principal en était naturellement la décoration de Noël. Mais une remarque irréfléchie lui avait valu d'être exclue du projet.

« Quelle remarque ? demanda sèchement Stettler.

– J'ai dit que j'avais cherché en vain le nom de Schlemmer dans notre musée des Beaux-Arts. » Elle ne l'avait trouvé ni là, ni dans la bibliothèque cantonale, elle avait demandé l'aide d'une bibliothécaire mais elle aussi ignorait ce nom. « Elle m'a demandé s'il s'agissait d'un épicurien*. »

Je me moque de votre bibliothécaire, avait alors coupé sèchement Bleicher et elle, qui n'avait pas sa langue dans sa poche, avait répliqué : pas un seul livre sur lui à la bibliothèque, pas un seul dessin au musée des Beaux-Arts, et d'ailleurs elle ne l'autorisait pas à lui parler sur ce ton. Elle avait après tout l'âge d'être sa mère.

Sa mère, *sans mari* ! aurait aimé ironiser Stettler, mais il préféra se taire, ce genre de remarque n'était pas de mise.

Bien entendu, il ne crut pas un instant que c'était exactement ce qu'elle avait dit, mais il ne pouvait pas douter qu'elle était en disgrâce parce qu'elle ne partageait pas les goûts artistiques de Bleicher mais il y avait sans doute d'autres raisons qu'elle préférait taire. La têtue demoiselle n'avait pas admiré l'idole de Bleicher et ainsi remis en cause son autorité, mais plus elle en parlait, plus elle semblait convaincue d'avoir fait et dit ce qui convenait ; elle avait eu le courage de ses opinions. Elle ajoutait toujours de nouveaux détails et son chef véritable, que l'engagement de Bleicher avait affaibli, opinait de la tête. La chaleur du salon de thé, la tisane au cynorrhodon et l'attention de Stettler lui faisaient visiblement du bien et lui donnaient un sentiment de sécurité qu'elle ressentait rarement.

---

* *Schlemmer* signifie ripailleur ; *schlemmen* signifie faire ripaille.

Peut-être avait-elle regretté d'avoir été impertinente, mais refusait de l'admettre, d'autant que désormais plus rien ni personne ne pouvait empêcher leur désaccord. Schlemmer – elle atteignait à présent le point culminant de son récit – n'était finalement à ses yeux qu'un artiste décoratif, dont les figures étaient totalement privées d'humanité et de spiritualité. Elle ne voyait pas la moindre grandeur en lui, avait-elle dit à Bleicher. Les autres employés en avaient été abasourdis.

Bleicher l'avait alors réprimandée vertement : « Mademoiselle Hodel, votre façon de dénigrer Schlemmer ne vous rabaisse pas seulement vous-même, elle montre clairement le fond de votre pensée. Schlemmer a été qualifié de "dégénéré" et stigmatisé par les nazis alors qu'il n'était même pas juif. Vous rendez-vous compte que vous parlez comme Hitler ? Je regrette d'avoir à le dire. C'est très allemand cette façon de juger un grand artiste. »

Un silence désagréable avait suivi.

Savait-il que son grand-père était venu d'Allemagne, ce que pourtant tout le monde ignorait en dehors de la famille ? Faisait-il délibérément usage de ce secret pour la blesser et l'écarter ? Son reproche en tout cas avait fait mouche, il la réduisit au silence. Elle ne sut que répondre.

Il y avait eu un silence de mort pendant quelques secondes et elle devint pâle comme un linge, incapable de répliquer ou, à plus forte raison, de se défendre. Ses mains étaient glacées.

« Touché », avait chuchoté quelqu'un près d'elle. Mais elle avait été trop troublée pour l'identifier. Elle avait fait ce que Bleicher avait sans doute attendu : elle avait battu en retraite sans un mot. Elle n'avait pas immédiatement quitté la pièce, mais chacun avait compris qu'elle n'avait plus sa place dans cette réunion. À l'avenir, on ne lui confierait plus que des tâches subalternes.

Elle n'avoua pas à Stettler qu'elle avait envisagé de s'excuser auprès de Bleicher de son impertinence. Pas plus qu'elle ne mentionna la nuit blanche qu'elle venait de passer.

« Et ce Friedrich, qui est-ce ? s'enquit Stettler.

– Un peintre de nuages et de paysages, un romantique qu'il croit important, Caspar David Friedrich. Il le surnomme CDF, comme si c'était un de ses amis. »

Elle paraissait subitement épuisée.

« Ça ne me dit rien, dit Stettler.

– À moi non plus, ça ne me disait rien, répondit Mlle Hodel. Mais je me suis renseignée. »

Elle remuait lentement, avec des mouvements réguliers les dépôts de cynorrhodon au fond de sa tasse, Stettler eut soudainement très envie d'une bière. Mais au café Wander, rien n'avait changé à l'exception du personnel, on n'y servait toujours ni bière ni alcool, si on voulait une bière il fallait aller ailleurs, et il était hors de question pour Stettler d'aller ailleurs avec Mlle Hodel. Pourquoi pas, au fait, puisqu'il était un homme libre ?

« Un Viêt-công », dit-il dans le silence.

Elle leva les yeux et haussa les sourcils sans comprendre.

« En tout cas, cela ne m'étonnerait pas. »

Il s'interrompit. Le croyait-il vraiment ?

La tête ailleurs, elle suivit du regard une jeune femme qui après avoir remis sa veste à carreaux jaunes et marron, se leva et quitta le salon de thé. Elle avait posé vingt centimes de pourboire à côté de sa tasse vide. Elle avait mangé toute seule une part de forêt-noire et bu un café.

Stettler avait bien conscience que son interlocutrice ne l'avait pas compris. Rien ne s'opposait à ce que Bleicher fût l'auteur de *ce chef-d'œuvre d'alpinisme*, ainsi que l'avait qualifié un journal, comme si on admirait ce délit comme une aventure.

« Et si c'était *lui* qui avait hissé le drapeau ? », finit-il par demander en la regardant d'un air résolu. Mlle Hodel soutint son regard. Mais ne comprit pas de quoi il parlait.

« Quel drapeau ?

– Le drapeau du Viêt-công sur la flèche de la cathédrale. »

Elle ouvrit de grands yeux, dans lesquels naquit enfin un éclair de compréhension. Mais peut-être se trompait-il et ne savait-elle pas de quoi il parlait, pourtant elle devait être au courant comme tout le monde de ce qui s'était passé dimanche matin. Les journaux, les radios, les actualités cinématographiques et la télévision en avaient parlé.

Et soudain, il remarqua quelque chose qui lui avait échappé jusque-là, la courbe délicate de sa lèvre supérieure dont le galbe léger formait en son milieu un minuscule toit protecteur et présentait une similitude frappante avec la forme de son sourcil droit, la même ligne, le même galbe, un parallélisme singulier comme il avait toujours cherché à en créer dans ses vitrines avec les matériaux les plus divers ; mais ici la nature l'avait réalisé dans une forme humaine. Cela le réjouit comme rien ne l'avait réjoui ces derniers temps. Cette vue le remplit bel et bien d'un bonheur qu'il n'avait pas connu depuis longtemps. Lorsqu'il découvrit cette particularité sur le visage de Mlle Hodel, une femme tellement quelconque, ce fut comme si le grimpeur était tombé de la flèche et s'était évaporé au cours de sa chute ; comme s'il n'avait jamais existé et n'avait donc jamais eu la moindre importance ; comme si, en dehors de ce corps, rien n'avait de signification ni de consistance. Quel soulagement !

L'intérêt ou la compulsion qui le forçaient à parler de Bleicher fit place à une légèreté libératrice : un fardeau tomba de ses épaules, et, contrairement à ses habitudes, il faillit se laisser aller à des préoccupations personnelles ; mais il l'évita une fois encore. Il aurait pu par exemple parler à Mlle Hodel de la grande pianiste Lotte Zerbst, lui demander si elle écoutait elle aussi la radio toute seule et si elle était par hasard tombée sur cette musicienne dont il se croyait parfois amoureux, ce qui était bien sûr aussi ridicule que l'idée de tendre la main droite et de la poser sur sa main gauche. Comment se prénommait-elle d'ailleurs, Regula, Sabine, Heidi ? Sa tête était vide. Qu'est-ce qui lui interdisait de l'attirer à elle, de l'embrasser et de la baiser, mot qui lui vint à l'esprit pour la première fois de sa vie ? Il fut scandalisé par lui-même et par ses désirs secrets.

« Je vais devoir y aller, je ne veux pas abuser de votre temps. »

Comme si elle avait lu dans ses pensées scabreuses, elle était soudain très pressée.

Avait-il dit quelque chose qu'il aurait mieux fait de taire ? Devait-il la suivre secrètement et l'observer ?

« Où habitez-vous donc ? » demanda Stettler.

Lui avait-il fait comprendre sans le vouloir que ses soucis et ses tourments ne l'intéressaient pas ? Il aurait voulu avoir été plus aimable. Ne s'était-il pas montré froid et indifférent ? Ne lui faisait-il pas, en tant que supérieur, une impression identique à celle que Bleicher lui faisait aujourd'hui ? Il aurait pu lui demander tout cela. Mais il se tut et attendit qu'elle s'en aille. Il essaya d'imaginer qu'ils étaient mariés. Une idée absurde.

Le sentiment de libération s'était évaporé. Il se sentait oppressé, et le physique de Mlle Hodel renforçait encore cette sensation. Il tenta de se concentrer sur sa lèvre supérieure et ses sourcils. Mais plus il les regardait, plus il se rendait compte que ce n'était que de la peau et des cheveux. La peau et les cheveux contenaient une menace potentielle. Leur harmonie avait disparu sans laisser de traces.

Puis il y eut un échange désagréable, parce qu'elle voulait payer, ce qu'il ne pouvait admettre. Il ne comprenait pas les raisons de son insistance, dans quel but agissait-elle ainsi ? Il affirma que cela avait été un plaisir de prendre un thé avec elle. Que c'était cent fois mieux que de rester assis tout seul à la maison, à moisir sur son balcon, à écouter la radio tout seul et à s'accrocher à des rêves qu'on ne partage avec personne.

Il avait fini par régler l'addition. Tant qu'il vivrait, il ne laisserait aucune femme payer la note au restaurant. Il préférait ne pas savoir si elle faisait partie de celles qui revendiqueraient le droit de vote pour les femmes si on en arrivait là*.

---

* Le suffrage féminin en Suisse n'a été introduit qu'en 1971.

11

L'hiver

On l'avait donc chassé de son poste prétendument sûr avant même qu'il soit à la retraite. Condamné à attendre au milieu des passants anonymes le dévoilement de ce qui avait été jusque-là de sa seule compétence et de ses prérogatives, il se tiendrait devant les vitrines, comme un spectre sans mission et sans travail, banni de ce qui avait été son royaume et sa vie. Quand il composait en pensée une lettre à Lotte Zerbst, il avait aussi tendance à utiliser des formules aussi imagées et théâtrales. Mais ces lettres, il ne les écrivait et ne les postait jamais.

Et le jour du dévoilement de la décoration de Noël, il prit place au milieu des badauds. Au lieu de ses propres idées – il n'arrivait toujours pas à y croire – on allait présenter les idées d'un autre qui allaient sûrement lui déplaire du tout au tout et qui, il en était persuadé, ne plairaient d'ailleurs à personne.

Le mercredi 4 décembre 1968, ce ne fut pas lui qui étonna les piétons de passage et les clients habituels comme il l'avait fait les vingt-six années précédentes, mais un inconnu dont même son propre département ignorait où il avait appris le métier, car rien n'avait jusqu'ici filtré de son passé et de son parcours professionnel. Il n'avait manifestement pas fait sa formation ici, et peut-être pas même en Suisse ; quant à sa carrière, elle n'était, semble-t-il, qu'un bond spectaculaire du néant jusqu'en haut de l'échelle du personnel des *Quatre Saisons*. Mlle Hodel avait une fois évoqué des études de graphisme ou de calligraphie à l'étranger, mais personne n'avait cherché à en savoir plus, personne n'avait eu envie d'approfondir la question, chacun se disait que les propriétaires des *Quatre Saisons* savaient ce qu'ils faisaient en misant audacieusement sur cet homme, car ils n'avaient après tout aucun intérêt à ruiner leur entreprise par une mauvaise décision.

Stettler savait que cette première démonstration du savoir-faire de Bleicher n'était pas seulement vitale pour ce dernier, mais aussi pour lui. Si la décoration de Noël du néophyte était un fiasco, les Schuster n'auraient pas d'autre choix que de mettre fin à leur expérience risquée avec ce paltoquet de débutant. Si, en revanche, le travail de Bleicher répondait aux attentes des Schuster, l'avenir de Stettler s'annonçait encore plus incertain que prévu.

Stettler était sacrifié à la tentative d'imposer des innovations que lui n'aurait pas osées. La confiance que les Schuster avaient dans les facultés de Bleicher paraissait aussi infinie que leur conviction que cela ne présentait aucun risque. Mais que se passerait-il si les clients faisaient preuve de conservatisme ?

Comme il était resté à l'écart des préparatifs – dignement et en apparence sans rancœur – il se sentait en sécurité étant donné l'insuccès prévisible de son rival. Mais il savait qu'il n'y a pas loin du Capitole à la roche Tarpéienne. Il était plein d'angoisse, mais à qui mis à part Lotte, qui ne savait même pas quelle profession il exerçait, aurait-il pu l'avouer ? Il essayait de se convaincre que quiconque était assez téméraire pour marcher sur ses brisées en matière de décoration de Noël était condamné à l'échec, car des décennies d'expérience lui avaient appris à connaître et à satisfaire, et même à influencer, le goût du public. Un jeune homme mal rodé représentait-il vraiment un danger pour lui ?

Le 4 décembre, ni la neige ni le froid n'étaient au rendez-vous. Le temps aurait mieux convenu à l'arrière-saison ou à un printemps précoce qu'à la période hivernale. Cependant, tout le monde savait que Noël aurait lieu dans trois semaines. Bien que l'ambiance générale ne respirât pas la solennité des fêtes – peut-être à cause des températures d'une douceur inhabituelle – plus de curieux étaient venus assister à l'événement que les années précédentes. On aurait dit qu'ils savaient à quelle lutte invisible ils allaient assister.

Stettler était debout dans la foule. Il avait remonté le col de son lourd manteau d'hiver sur son visage et descendu son chapeau sur son front comme un policier en train de filer un suspect. Il se souvenait parfaitement du jour, en 1953, où il avait vu ce manteau pour la première fois, l'avait décroché de la tringle, palpé et tenu à bout de bras, avant de l'installer dans la vitrine de l'automne. Il l'avait ensuite acheté fin novembre 1953 et, depuis, l'avait porté chaque hiver. Même si l'étiquette ne l'indiquait pas, il était convaincu que de la laine cachemire était mêlée aux poils de chameau.

Les papiers furent ôtés des vitrines à six heures du soir, cela au moins n'avait pas changé.

Mais tout le reste était différent : les vitrines ne brillaient pas de cet éclat de fête qui illuminait les visages des spectateurs, mais d'une obscurité impénétrable. D'une nuit noire.

La déception sur les visages de la foule traditionaliste qui s'était réunie pour assister au moment solennel fut patente et Stettler fut pris d'une délectation telle qu'il n'en avait jamais éprouvé ; les curieux ne voulaient absolument pas de ces dérogations aux habitudes qui leur étaient devenues chères. C'était la fin de l'expérience, la fin de la carrière de Bleicher aux *Quatre Saisons*, la fin du dédain où l'on tenait Stettler. Mais un doute lancinant monta en lui : ce n'était sans doute pas tout, quelque chose d'inéluctable pouvait suivre. On ne se méfiait jamais assez d'un jeune loup.

Il ne fallut pas plus d'une minute pour que Stettler entende un premier « oh ! » admiratif monter de la foule, qui, manifestement, était prête à changer d'avis en un tournemain. Il fallut au maximum trois minutes pour que Stettler pût enfin se faire une idée du spectacle, après avoir dû jouer des coudes – avec une brutalité qui l'aurait étonné s'il avait encore été capable de raisonner – pour s'approcher de ce qui enthousiasmait les gens et leur arrachait de nouvelles exclamations émerveillées. À présent, les vitrines n'étaient plus obscures, mais brillamment éclairées, elles luisaient d'un éclat doré et scintillant parfaitement dosé. Bien qu'intense, cette lumière n'aveuglait cependant pas, elle réchauffait plutôt ce qu'il y avait derrière les yeux, elle flattait les âmes inconstantes des spectateurs, et Stettler retint un cri de fureur et de désespoir. Sa délectation première fit place à la conscience dévastatrice qu'il était battu.

Les sept vitrines représentaient, grosso modo, l'histoire de Noël de l'Annonciation à la recherche d'une auberge*, de la Nativité à l'arrivée des trois Rois mages venus d'Orient ; la Nativité, étant le motif même de la fête de Noël, occupait deux vitrines. De véritables fleurs de lys, importées à prix d'or de San Remo, que certains devaient sûrement croire factices, se dressaient dans de sobres vases élancés, en porcelaine blanche de Rosenthal, et au-dessus flottaient suspendus à des fils invisibles les anges d'un blanc immaculé saupoudrés de paillettes d'argent. À l'arrière-plan, des assiettes et des tasses empilées dans un apparent désordre formaient une chaîne de montagnes éclairée d'un coucher de soleil. Dans des cendriers en porcelaine de Langenthal, des cigarettes – des Parisienne** – de longueurs différentes et consumées à des degrés divers

* La « recherche d'une auberge » *(Herbergssuche)*, qui précède l'accouchement dans l'étable, est un épisode marginal des Évangiles (Luc II, 7) mais très populaire dans les célébrations de Noël traditionnelles des pays germaniques.
** Marque suisse.

paraissaient rougeoyer et fumer grâce à de la neige carbonique qui créait une illusion parfaite, et, bien que tout cela, pris dans son ensemble, pût sembler blasphématoire – c'était peut-être l'intention inavouée de Bleicher – c'était l'effet exactement inverse qui se produisait : cette image pas tout à fait inanimée – comme dans les autres vitrines, un petit train y circulait – dégageait un calme contemplatif, peut-être justement parce qu'il n'y avait pas d'allusion directe à la mère de Dieu. Une table grossière – du moins, une moitié de table –, sur laquelle s'entassaient des coffrets à bijoux débordants de parures pour dames élégantes, renvoyait au métier du malheureux charpentier, de l'existence duquel témoignaient un rabot et des copeaux épars.

Et cela continuait de la sorte : la moitié d'une table dans une vitrine, où elle avait l'air de s'enfoncer dans le mur, continuait dans la vitrine suivante, deux pieds dans une vitrine, deux pieds dans l'autre. Cette vitrine-là, qui illustrait de manière ludique la recherche d'une auberge par Marie et Joseph, vantait divers hébergements, diverses boissons et divers plats : une auberge du coin, le plus grand palace du canton, reproduit à la taille d'une maison de poupée, ainsi que de hauts lieux touristiques de Saint-Moritz, Davos et Sils Maria formaient le centre de la composition que dominait le palais fédéral ; dans un seau à champagne, un magnum de Veuve-Clicquot reflétait aussi brillamment que discrètement les lys de la vitrine adjacente. Du vin et des verres en cristal, des douceurs et des friandises dans des boîtes en métal et en carton, des fruits dans des corbeilles et des fruits en pâte d'amande offraient leurs tentations gourmandes.

La dernière vitrine était décorée d'une surabondance de présents qui représentaient le cadeau idéal pour monsieur et pour madame : des bijoux (bagues, bracelets, colliers, boucles d'oreilles), de l'or (sandalettes, ceintures, broches), des étoffes, des rouges à lèvres, des parfums des grandes marques (Worth, Givenchy, Chanel, Balenciaga) ; ici, régnaient l'esprit et l'âme de l'Orient, tout y était précieux, exquis et fastueux, et ici aussi, comme dans les autres vitrines, rien n'avait été placé au hasard.

La partie centrale cependant, les vitrines n° 3 et 4, qui symbolisaient la nuit de la Nativité tout en ne l'évoquant que de façon allégorique, étaient bien entendu le cœur véritable de l'ensemble, même si – et cela caractérisait toute la mise en scène – l'étable, la crèche, Marie et Joseph, le bœuf et l'âne, les bergers, les moutons et l'étoile de Bethléem brillaient par leur absence. À la place, il y avait un grand landau dans la troisième vitrine et une montagne en chocolat composée de centaines de barres Toblerone – on reconnaissait sans peine qu'il s'agissait du mont Cervin – s'élevait jusqu'au plafond de la quatrième. Les cadeaux pour les enfants débordaient d'un landau surdimensionné et s'entassaient en formant des vagues qui montaient à droite et à gauche jusqu'en haut ; sur des rails qui serpentaient sur les flancs de la montagne, et à travers de nombreux tunnels sur plusieurs niveaux, roulaient des petits trains qui transportaient dans leurs wagons des paquets petits et grands enveloppés de papier cadeau ; c'étaient ces divers convois qui apportaient du mouvement aux différentes vitrines, car les rails qui se croisaient et s'entrecroisaient parcouraient l'ensemble des vitrines et s'étendaient, grâce à des passages dissimulés, de la première à la dernière en passant par toutes les autres sans exception.

Une autre particularité de cette décoration de Noël exubérante était que l'éclairage des vitrines variait toutes les cinq ou six minutes. L'obscurité, qui avait d'abord semé le trouble – par les modifications rapides qui transformaient les ténèbres en lumière –, se révélait comme l'attraction principale.

Les jours et les semaines suivants, jusqu'à l'Épiphanie, au lendemain de laquelle elle fut remplacée, le magnétisme de cette décoration continua d'attirer un flot incessant de curieux, qui aplatissaient littéralement leur nez sur les vitrines des *Quatre Saisons*. Même l'alunissage des astronautes américains, qui eut lieu six mois plus tard, ne fit pas sensation à ce point. Alors que ce dernier événement était unique et ne durait que quelques heures, pendant lesquelles on se serra devant des douzaines de téléviseurs entassés les uns sur les autres (cette vitrine avait également été conçue par Bleicher), l'intérêt pour la décoration de Noël ne faiblit pas du premier au dernier jour, d'autant qu'on découvrait à chaque nouvelle visite des détails qui avaient échappé la fois d'avant. Contempler ces vitrines, c'était à la fois guetter le détail nouveau, satisfaire sa curiosité et s'abîmer dans une contemplation béate. Le déroulement était toujours le même : les vitrines, d'abord totalement plongées dans l'obscurité, s'illuminaient de plus en plus, puis redevenaient sombres, mais, une fois que leurs yeux s'y étaient habitués, les spectateurs parvenaient à reconnaître les objets dans le noir et se les indiquer mutuellement.

Le mouvement ne venait donc pas seulement des trains miniatures, mais aussi de l'éclairage. Les gens étaient incapables de s'arracher au dynamisme de ce spectacle toujours changeant, à sa lumière qui variait sans cesse. Ils étaient fascinés, subjugués, et Stettler en restait muet.

Il essaya de composer mentalement la décoration de janvier. L'expérience avait prouvé que c'était la moins appréciée de l'année. En janvier, les clients avaient d'autres soucis que de faire des achats dont ils n'avaient pas besoin. Aussi ne faisait-on pas d'efforts inutiles pour exposer des articles particulièrement esthétiques.

Chaque année, la tâche consistait à mettre en scène des ustensiles de ménage, des torchons et des serviettes, de la vaisselle, des casseroles, des autocuiseurs, des friteuses, des poêles, des mixeurs, des porte-couteaux, des rouleaux à pâtisserie, des moules à gâteaux, des minuteurs. Des objets simples et pratiques. Stettler se surprit à penser que Bleicher aurait eu une idée plus originale que lui et Mlle Hodel.

Et chaque fois qu'il avait un couteau en main et qu'il se demandait quel serait le meilleur endroit où le poser, il pensait à Bleicher. Il le plantait avec une détermination inattendue dans le ventre de Bleicher, dans son dos, dans son cœur, dans ses poumons, dans la carotide, dans la gorge. Le couteau s'enfonçait comme dans du beurre, si facilement et si doucement et, chaque fois, des flots de sang chaud inondaient les mains de Stettler. Surpris comme un enfant subitement aux prises avec un animal féroce, Bleicher le regardait avec de grands yeux, mais Stettler n'éprouvait pas de compassion, au contraire, il était heureux d'en avoir enfin fini.

12

L'hiver

Elle ne connaissait le *Deuxième concerto pour piano* de Dmitri Chostakovitch que pour l'avoir entendu une fois à la radio. Elle n'avait pas de raison jusque-là de s'intéresser sérieusement à cette pièce enjouée, qui n'était même pas une œuvre majeure : le compositeur lui-même, qui l'avait écrite pour son fils à l'occasion de son diplôme du conservatoire de Moscou, l'avait qualifiée d'œuvre faible – mais l'avait néanmoins enregistrée en personne. D'après le souvenir imprécis de Lotte Zerbst, c'était un concerto allègre et joyeux, avec un mouvement central facile et planant, un morceau estival aux accents russes bien marqués qui, lui semblait-il, ne passerait pas à la postérité, mais était-ce réellement un mal ? Il avait été composé pour un instant très précis, pour un fils qui s'apprêtait à voler de ses propres ailes sous une dictature que Lotte ne condamnait pas, n'en sachant pas assez à son sujet. La Russie était encore plus lointaine que la pire période de sa vie, les années jadis passées à Berlin.

Toujours Mozart, en permanence Beethoven, sans cesse Chopin ? Dans le présent aussi, il existait des mélodistes inspirés, comme ce Soviétique qui lui était encore inconnu à l'époque où elle recevait l'enseignement de Merechkovski ; jamais son maître n'en avait parlé. En Suisse, où Lotte devait se produire en février 1969, son *Deuxième concerto pour piano* n'avait jamais été joué, comme plus globalement les compositeurs soviétiques. Stravinsky et Rachmaninov rencontraient un peu moins de méfiance.

Lorsqu'on lui avait demandé si elle était intéressée par ce concerto, elle avait été d'abord surprise et hésitante ; Chostakovitch n'était pas un compositeur que Lotte Zerbst appréciait particulièrement, mais après s'être procuré la partition et l'avoir étudiée, elle se fit rapidement à l'idée de lui « donner une patrie en moi-même », comme elle l'écrivit dans son journal intime, dans lequel elle notait exclusivement des choses professionnelles et qu'elle tenait pour l'unique raison de pouvoir se rappeler plus tard – une fois qu'elle aurait fait son temps – ce dont elle avait été capable au meilleur de sa carrière. Elle n'avait pas la coquetterie de la modestie, ce n'était pas son genre, elle pouvait jouer tout ce qu'on lui demandait et elle n'avait aucune raison de mettre son talent sous le boisseau, d'autant que c'était grâce à lui qu'elle remportait des compétitions et gagnait sa vie.

En tant que pianiste attitrée d'une radio nationale, il lui incombait de jouer des compositeurs contemporains. Elle s'était attaquée à des créateurs beaucoup plus audacieux, et beaucoup l'étaient pour la première fois, son journal en témoignait ; Chostakovitch, qui était presque un terrain nouveau pour elle (même si elle avait enregistré un de ses *Trios pour piano* plusieurs années auparavant), lui donnerait moins de mal que certains adeptes du sérialisme professé à Donaueschingen ; les difficultés techniques toutes relatives du concerto, qui témoignaient probablement des possibilités pianistiques limitées de Chostakovitch, étaient faciles à surmonter.

Elle se mit au travail. Après avoir déchiffré toutes les notes une par une, aussi attentive et précise qu'une comptable, et être certaine d'avoir tout lu correctement – en raison de sa presbytie croissante, cela lui prenait désormais plus de temps que dix ans auparavant –, elle se concentra sur les aspects techniques de l'interprétation. Ses doigts devaient reproduire chaque phrase musicale, même la plus brève, à la fois au ralenti et dans le tempo requis, ce qui demandait une maîtrise des nuances et du doigté, ainsi que de l'usage des pédales et de l'articulation. Elle travaillait tout cela tous les jours, jusqu'à ce qu'à force de répétition tous les obstacles soient surmontés, le hasard éliminé, et que les choix progressivement arrêtés soient solidement ancrés dans son cerveau. Pendant ce temps, la partition se gravait dans sa mémoire et y devenait une substance spirituelle dont elle prenait possession pour une durée indéterminée. Elle la maîtriserait encore après des années d'abstinence. La pièce, quelle que soit sa longueur, faisait naturellement partie d'elle, de son corps et de son esprit, sans peser plus lourd que son cœur ou ses poumons.

Au terme de ce processus de longue haleine, elle avait une si bonne connaissance de l'œuvre qu'elle pouvait en évoquer chaque détail à chaque instant. Elle s'endormait avec et se réveillait avec, et même dans son sommeil, l'œuvre était pareille à un ami discret envers qui il fallait faire preuve de politesse. Ce qui s'était d'abord dressé devant elle comme une montagne infranchissable était à présent le sol ferme. Elle était debout sur la cime, solidement campée et sans jamais perdre son équilibre, contemplant tranquillement la vallée qui s'étendait à ses pieds. Elle levait les mains et les posait sur les touches fraîches, et celles-ci se réchauffaient peu à peu et fusionnaient avec ses doigts, ses avant-bras, ses épaules, son dos. Mais le centre restait sa tête, dont elle aurait simplement parfois souhaité que ses mimiques exprimassent moins ce qu'elle ressentait, car ce qu'elle ressentait n'était pas dans sa tête, mais dans son âme.

Souvent, Lotte avait une image alpestre à l'esprit. Une fois qu'elle avait absorbé chaque fibre, chaque nuance, chaque mouvement d'un morceau pour piano, elle devenait à la fois une partie du massif montagneux et son observatrice. Elle connaissait ses faces ombragées et ses faces ensoleillées, les descentes difficiles, les ascensions aisées, les sommets qui exigeaient des sacrifices, les points de repos qui permettaient de regarder en arrière avant de s'élancer de nouveau en terrains inconnus et rudes. Chaque œuvre exigeait un équipement particulier, parfois des souliers légers et parfois des chaussures solides, parfois des cordes, parfois des piolets, instruments qui garantissaient contre les chutes, et parfois un compagnon d'escalade, un orchestre, un chef. Mais il s'agissait en tout cas d'une randonnée en montagne. Il aurait parfois été agréable d'avoir quelqu'un dans le public à qui se fier absolument, mais ce n'était pas indispensable.

Elle travaillait exactement de la même façon une pièce qu'elle allait donner en concert qu'une pièce prévue pour un enregistrement en studio, dont l'unique auditeur présent était habituellement l'ingénieur du son. Jouer devant un public était cependant tout autre chose qu'être assise dans un studio, confrontée à soi-même, comme si on regardait dans un miroir qui était un abîme. Les partitions, mal vues dans les salles de concert, aidaient peu.

Noël et le Nouvel An étaient passés, en janvier elle enregistrait en duo avec, respectivement, un baryton, un altiste, un violoncelliste et un flûtiste. On était content d'elle, comme toujours. On la complimenta et elle accueillit les compliments avec plaisir. Parfois elle se demandait si cela correspondait à l'idée qu'elle s'était faite, enfant, du succès d'une pianiste ; mais plus elle s'efforçait de se remémorer précisément ses idées de jeunesse, plus le souvenir en devenait diffus. À présent qu'il était de toute façon trop tard, elle ignorait même si elle avait un jour souhaité fonder une famille, avoir un mari et des enfants. Quand elle croisait des enfants dans la rue, elle détournait le regard. Et quand des enfants criaient dans le voisinage, elle fermait sa fenêtre, de même que ses voisins fermaient peut-être leur fenêtre les après-midis où elle s'exerçait.

Il lui arrivait de penser à sa future rencontre avec l'inconnu qui lui avait écrit à trois reprises sans jamais révéler quel était son âge, sa profession, s'il était marié, veuf ou célibataire. La mélancolie qu'elle percevait entre ses lignes lui suggérait quelquefois qu'il était veuf, même si elle savait qu'il y avait bien d'autres raisons d'éprouver de la tristesse et un sentiment de vide que la perte d'une épouse.

Quand elle jouait le solo du deuxième mouvement, elle pensait presque toujours à lui, elle cherchait un visage, en découvrait quelques traits, voyait des yeux, une bouche, un nez, laissait tout filer puis revenir, croyait entendre une voix qui se taisait à nouveau. Elle décida de lui demander sa photo, puis se ravisa et ne lui écrivit pas. Savait-il à quoi elle ressemblait ? Il était possible qu'il ait acheté un de ses rares disques, ou regardé son portrait sur une pochette dans un magasin. Après tout, il devait avoir envie de se faire une idée d'elle, lui aussi. De temps à autre, sa photo apparaissait dans les revues *Funkschau* ou *Hör Zu!*, mais comme il s'agissait toujours du même cliché, il avait depuis longtemps cessé de refléter son apparence et son âge véritables.

Stettler ne lui écrivait plus et Lotte se faisait du souci pour un inconnu. Elle avait de la compassion pour cet étranger. Il était plus simple d'exprimer de la pitié pour un quidam que pour soi-même. Mais s'agissait-il réellement de pitié, ne s'agissait-il pas plutôt de l'amplification démesurée d'une chimère ?

Pour se changer les idées, elle allait souvent au cinéma. Parfois, elle restait assise à la fin du film et parfois elle regardait deux films à la suite. Il n'y avait pas beaucoup de cinémas dans la ville mais la plupart montraient heureusement deux, trois films différents chaque jour et le programme changeait souvent. Elle vit *Roméo et Juliette*, *Rosemary's Baby*, *2001, l'odyssée de l'espace* et *La Planète des singes*. Souvent, elle faisait plus attention à la musique qu'au scénario. Elle s'en allait alors dès la fin du film, sans attendre la fin du générique. Elle allait en général aux séances de l'après-midi, elle n'aimait pas sortir le soir. Peut-être, se dit-elle, Stettler vivait-il dans la même solitude. Peut-être avait-il lui aussi du mal à se mettre dans la peau des personnages sur l'écran.

Elle hésita longuement avant de mettre en actes la résolution qu'elle avait prise depuis longtemps d'écrire de nouveau à son admirateur suisse. Elle avait eu l'intention de lui envoyer une carte postale à Noël, puis elle avait oublié de le faire. Le 31 décembre, elle avait eu envie de lui souhaiter une bonne année afin de donner un signe de vie, mais elle avait changé d'avis, elle célébrait seule la nouvelle année, pas malheureuse, mais sans personne. Comment pouvait-on être aussi seule ? Elle finit par lui écrire à la mi-janvier pour lui dire qu'elle se réjouissait à l'idée de le voir et qu'elle espérait que ce concerto pour piano qu'il ne connaissait pas lui plairait ; ce n'était certes ni du Mozart, ni du Beethoven ni du Chopin, mais elle était sûre qu'il aurait autant de plaisir à l'entendre qu'elle avait eu de plaisir à l'étudier. C'était une pièce d'un modernisme modéré, *aucune bête féroce à craindre*, écrivit-elle avec une gaieté inhabituelle.

Contrairement à ses habitudes, elle ne signa pas de son nom complet, mais seulement de ses initiales. Ainsi, elle lui laissait la liberté de choisir comment s'adresser à elle dans sa prochaine lettre. Mais aucune lettre n'arriva. La dernière lettre qu'elle avait reçue datait du 30 novembre. Il écrivait que sa vie allait prochainement connaître des changements. En relisant ces lignes, elle y remarqua un certain ton dramatique qui lui avait auparavant échappé.

Le matin du dernier samedi de janvier, Stettler entra pour la première fois de sa vie dans un magasin discount pour acheter un poste de télévision. Dans ce magasin peu engageant, trouva-t-il, avec sa décoration sommaire et ses câbles électriques courant au plafond, il trouva un grand choix de téléviseurs, radios, tourne-disques, haut-parleurs, magnétophones à bandes et lecteurs de cassettes, donc de tout ce qu'on appelle l'électronique de loisir, mais aussi des ustensiles de cuisine grands et petits (couteaux électriques, pendules de cuisine électriques, radioréveils, yaourtières et même des cuiseurs à œufs) et tout cela bien moins cher qu'aux *Quatre Saisons*, ce qui le remplit d'une joie mauvaise, comme si cela pouvait entraîner le naufrage de la carrière de Bleicher. Le vendeur – un homme d'aspect amérindien, dont les cheveux longs et sales camouflaient mal une calvitie naissante – s'intéressa moins au client qu'il avait devant lui et qui n'y connaissait rien (ce dont il se délectait visiblement) qu'à l'appareil qu'il cherchait à lui vendre. Stettler fit pourtant aveuglément confiance au savoir technique qu'il étalait. Il parlait avec délectation d'écrans, de tubes cathodiques, de points de fluorescence et de luminosité de l'image et lui proposa même un modèle dernier cri à télécommande, ce que Stettler refusa avec indignation.

« Je tiens encore bien sur mes jambes. Se lever pour faire quelques pas n'a jamais tué personne.

– Mais vous seriez peut-être le premier dans cette ville à pouvoir vous vanter d'avoir un tel appareil.

– Je n'ai pas besoin d'être le premier, ni en ça, ni en rien. »

Stettler remarqua que le vendeur, qui parlait en agitant les mains, portait un bracelet en cuir au poignet gauche, là où toute personne normalement constituée mettait sa montre. Lui, il l'avait au poignet droit.

Stettler acheta un téléviseur Philips ni trop grand, ni trop petit, et convint d'une date et d'un horaire pour la livraison. Le gérant de son immeuble lui avait assuré que la prise d'antenne dans la chambre à coucher des parents était en fonction. Au dire du vendeur, il y avait au moins six chaînes à regarder, ce qui arracha à Stettler un : « Dieu du ciel, mais que voulez-vous que je fasse de tant de chaînes ? » Il récolta un sourire de commisération et la remarque : « Dans cinquante ans, il y en aura cinquante. » Stettler ne fit aucun commentaire, une seule chaîne lui suffisait.

« En dehors de la chaîne helvétique, il y a aussi deux chaînes allemandes. »

La semaine précédente, une entreprise de transport et de déménagement avait entièrement vidé la chambre de sa mère. Stettler avait prié les déménageurs d'emporter tout ce qui s'y trouvait – y compris la lampe en albâtre sur laquelle des centaines de mouches s'étaient posées pour mourir. Étaient partis le lit double en bois de cerisier, le secrétaire, la literie à monogramme, la sévère commode remplie du linge de sa mère, la penderie et tout ce qu'elle contenait, les tableaux, le miroir et aussi le tapis sur lequel elle avait glissé une nuit et chuté si malencontreusement qu'elle avait dû être hospitalisée avec une fracture du col du fémur (depuis sa mort, le fin tapis bariolé était posé sur son lit) ; à cette époque, il avait fait pour la première fois l'expérience de la solitude et il en avait été content.

Il ne voulait rien revoir de tout ça, il voulait un changement total, une pièce qui n'avait jamais existé, il envisageait même de la repeindre mais il se sentit incapable de le faire lui-même et ne voulut pas faire les frais d'un peintre. Le papier peint rose pâle, défraîchi, resta donc en place.

Les deux hommes à première vue lourdauds qui avaient sonné à sa porte à huit heures du matin s'étaient révélés extrêmement énergiques et avaient procédé avec la radicalité requise, ne laissant que quelques flocons de poussière grise qui flottaient au-dessus du carrelage en mosaïque. À l'endroit où s'étaient trouvés l'armoire, le secrétaire, la commode et les tableaux, il n'y avait plus désormais que de légères traces, qui dessinaient des ombres claires encadrées de noir. Il n'aurait aucun mal à se faire à ces traces qui témoignaient de soixante-dix ans d'immobilisme. Ces choses étaient un jour entrées dans l'appartement et un autre jour elles en étaient ressorties ; dans l'intervalle, elles s'étaient tenues là, inconscientes. Ce que sa mère en aurait pensé lui était égal. Elle était morte, et depuis qu'elle était morte, elle ne lui avait plus jamais adressé la parole. Il ne se souvenait même pas si sa voix était grave ou aiguë, sonore ou douce. Il ferma les yeux puis il ouvrit la fenêtre.

Les lourds rideaux en velours rouge avaient également été enlevés. Stettler nettoya les vitres avec un chiffon plongé dans de l'eau chaude mélangée à une tasse d'alcool à brûler (une tasse, pas un verre, exactement comme sa mère). L'eau était si chaude qu'il faillit s'ébouillanter les doigts ; quand elle nettoyait les vitres ou qu'elle faisait la vaisselle, sa mère portait toujours des gants en caoutchouc. C'est parce qu'elle en avait bien pris soin que ses mains, selon elle, avaient gardé leur délicatesse et leur blancheur, et qu'aucune tavelure ne les avait abîmées.

Le téléviseur fut livré et installé dans le courant de l'après-midi. La chaîne fut réglée et, après le repas, Stettler s'assit dans un lourd fauteuil du salon qu'il avait poussé là. Il commença par le journal télévisé et regarda tout jusqu'à la fin des émissions, peu avant minuit. Il fit ensuite des rêves confus et, le lendemain, il put à peine se rappeler ce qu'il avait vu. En allant au travail, quelques souvenirs lui revinrent. Le soir du second jour, il décida de regarder la deuxième chaîne allemande. Il fut troublé de constater que le speaker qui présentait les émissions ressemblait de façon frappante à Bleicher.

Il avait lu beaucoup de choses négatives sur les publicités à la télévision, mais il ne voyait rien de condamnable à s'enfoncer de temps à autre dans ce monde d'un autre genre comme dans un coussin moelleux. Il regardait donc les spots publicitaires quand ils passaient à l'écran, ne changeait pas de chaîne comme d'autres le faisaient, et les aurait sans doute défendus dans une conversation. Il s'agissait, à l'instar des décorations de vitrines, de promouvoir et de vanter des marchandises. La publicité faisait partie de la télévision au même titre que les émissions de variétés. Il s'en amusa tout en ouvrant une nouvelle bouteille de bière. Il n'était pas assis sur le balcon comme avant, mais de toute façon ce n'était pas la saison.

À la mi-janvier, Lotte reçut une jolie enveloppe souple, rappelant le papier buvard, qui contenait une carte postale de Stettler montrant un sucrier en verre, une assiette à bordure rouge remplie de madeleines, une tasse de la même vaisselle, une théière en argent à poignée de bois et un pot de lait en terre cuite décoré d'un motif antique. Le nom du peintre n'était pas indiqué. Lotte ne connaissait pas ce tableau. L'odeur alléchante des madeleines semblait littéralement monter de la carte jusqu'à ses narines. Elle s'était plutôt attendue à recevoir une vue de la ville où il vivait et où elle allait se produire prochainement, mais cette image était plus intime.

Stettler écrivait combien il se réjouissait de faire enfin sa connaissance. Ce serait pour lui un plaisir et un honneur infinis de pouvoir l'inviter à prendre un verre après le concert, si elle n'avait rien de prévu avec le chef ou les membres de l'orchestre ; il connaissait mal les habitudes des musiciens, peut-être était-il d'usage de s'entretenir après un concert de l'événement commun que l'on venait de vivre. Mais si ce n'était pas le cas et qu'il était autorisé à formuler un souhait, ce serait de passer une heure avec elle, peu importe quand, peu importe où, une conversation, un échange de pensées. Si ce vœu ne pouvait être exaucé, existait-il une possibilité de prendre un petit-déjeuner ensemble ? Dans ce cas, il viendrait la voir à son hôtel. Si jamais le rendez-vous avait lieu le soir, il proposait de se rendre dans un petit restaurant, où ils seraient moins exposés aux regards des mélomanes curieux que dans la cave de l'hôtel de ville, par exemple, certes prisée pour sa cuisine bourgeoise, mais très fréquentée après les concerts, si bien qu'on risquait d'y être importuné ; après toute cette dépense, elle aspirait sûrement à un peu de tranquillité.

Lorsqu'il eut relu ce qu'il avait eu tant de mal à formuler, ses propres mots lui apparurent d'une mondanité inattendue. L'espace d'un instant, il crut entrevoir dans ces phrases un autre lui-même.

Lotte lut ces lignes avec attention. Il lui sembla que Stettler en révélait davantage sur sa personne qu'il n'en avait conscience, même si ce n'était pas clair. Mais pourquoi aurait-elle voulu qu'il soit plus précis, n'était-ce pas justement le côté réservé qu'elle appréciait chez cet homme timide qu'elle n'avait jamais vu ? Il écrivait qu'il était inutile de convenir d'un signe de reconnaissance – une rose à la boutonnière, un livre ou un parapluie – puisqu'il l'aurait vue sur scène.

Ce jour-là, tous ceux qui ouvrirent le journal ne purent éviter le gros titre de première page, alors que la culture était habituellement rejetée dans l'ombre. Il était question du cinquième concert d'abonnement de la saison, qui devait avoir lieu ce vendredi soir. Le titre en gras qui barrait la page proclamait :

BOYCOTTONS LES RUSSES :
PAS DE COMMUNISTES CHEZ NOUS !

En dessous, un récapitulatif en plus petits caractères annonçait :

L'ORCHESTRE ET LE CHEF S'INCLINENT.
TERMINÉ POUR LES RUSSES !
UNE VICTOIRE MÉRITÉE
POUR LA TCHÉCOSLOVAQUIE.

Stettler déplia comme toujours le journal en marchant de la porte de son appartement à la cuisine. Le gros titre le frappa au moment où il allait s'asseoir pour prendre son petit-déjeuner – tout était déjà prêt, il avait mis le couvert la veille – mais à présent il ne s'assit pas et il ne prit pas non plus son petit-déjeuner. Les jambes flageolantes, il pensa : je chancelle, le sol se dérobe sous mes pieds.

Avant même d'avoir lu la moindre phrase, il sut ce qu'il s'était passé et que tout serait désormais comme avant : il n'y aurait pas de nouveau départ, il ne rencontrerait pas Lotte, ni maintenant, ni plus tard, encore une lettre et l'affaire serait finie et enterrée. Il s'agissait du concert de Lotte Zerbst, mais il n'était question que du compositeur du concerto, le Soviétique de soixante-deux ans, Dmitri Chostakovitch. Comme tous les compositeurs, il avait écrit des opéras, des symphonies, des quatuors, des sonates et des concertos, mais alors qu'on n'avait rien à reprocher à ses confrères, il en allait autrement pour lui.

Stettler se força à lire – cela avait déjà été brièvement mentionné dans un article de la veille – qu'un comité de gens influents et politiquement engagés s'était formé au cours des dernières journées pour s'opposer avec indignation à ce que l'orchestre subventionné avec l'argent du contribuable joue des œuvres d'un artiste qui n'avait jamais pris la moindre distance avec le pouvoir d'un État qui venait, six mois auparavant, d'envahir avec des chars un petit pays sans défense afin d'y empêcher toute réforme démocratique.

Dmitri Chostakovitch avait reçu cinq fois le prix Staline, deux fois le prix Lénine et, l'année précédente, le prix d'État de l'URSS. Il était couvert d'honneurs et, par conséquent, influent. Jouer dans la salle de concert du cru les compositions d'un opportuniste qui, tout au long de sa vie, était passé entre les gouttes de la dictature du prolétariat sans élever une seule fois la voix contre les tenants du pouvoir, dont il était de toute évidence le favori, aurait été un aveu inexcusable de faiblesse et de manque de principes. Il n'était pas simplement naïf, mais tout à fait imprudent de considérer l'art comme apolitique, comment n'en être pas conscient depuis les autodafés de livres de 1933, écrivait l'auteur du commentaire en se rangeant à l'exigence du comité de déprogrammer le concerto pour piano du compositeur officiel russe Dmitri Chostakovitch. Chostakovitch n'était peut-être pas un ardent partisan du régime, mais il était une personnalité reconnue, y compris à l'Ouest. Il devait avoir conscience que son silence servait la cause du régime de son pays tout autant qu'un soutien enflammé. Ne pas interpréter ce mutisme comme un acquiescement tacite avec la politique agressive de son pays revenait à approuver cette politique ou du moins à manifester un désintérêt total pour ses victimes, ce qui, au fond, était encore pire ; il était donc impératif de le boycotter. Jouer le concerto de Chostakovitch revenait à soutenir la politique soviétique et à faire le jeu des amis des communistes ; il n'était pas nécessaire pour cela de jouer l'hymne national de l'URSS ni d'agiter des drapeaux rouges.

Jouer du Chostakovitch demain serait, symboliquement, outrager la Tchécoslovaquie pour la deuxième fois, les applaudissements du public équivaudraient à une complicité implicite et à bafouer les victimes.

« L'homme qui est resté silencieux quand les Russes sont entrés dans Prague doit rester silencieux ici aussi : donner une tribune à sa musique serait faire un affront impardonnable à tous ceux qui ont fui devant les chars russes ; ils sont nombreux à avoir quitté leur pays depuis lors, et un certain nombre vit désormais dans le nôtre. »

Pour conclure, l'auteur du commentaire estimait bonne et juste la décision qu'avait prise l'orchestre : celui-ci avait donné un signal clair en remplaçant le *Concerto pour piano* de Chostakovitch par le *Concerto pour violoncelle* d'Antonín Dvořák, un signal que l'on allait indubitablement comprendre à Moscou ; et c'était une chance que le premier violoncelle de l'orchestre se soit déclaré prêt à remplacer au pied levé la pianiste annoncée. Il fallait voir un signe du destin dans le fait que Bohumír Horák fût un Tchèque né à Prague qui, par bonheur, avait émigré en Suisse avec sa famille voici déjà dix ans.

Stettler laissa choir le journal. Un concerto pour violoncelle. Pas un mot sur Lotte. Son nom n'était même pas mentionné.

Son smoking qu'il aérait sur son balcon depuis quatre jours, la cravate neuve qu'il avait achetée en vue du concert, et ses chaussures de gala, il ne les porterait pas.

Lotte Zerbst avait certainement été informée avant tous les autres du changement de programme. Elle était donc au courant et ne ferait pas le voyage pour assister à sa propre humiliation, car c'était probablement ainsi qu'elle avait ressenti cette annulation. Quelles étaient ses pensées en ce moment, le dépit, la fureur ? La guérilla, songea-t-il. Jeter des boules puantes sur ceux qui l'empêchaient de se produire. Il l'avait lu quelque part : guérilla signifiait « petite guerre ». La guerre de harcèlement, sale mais efficace, une guerre où tous les coups sont permis, y compris de tirer dans le dos de l'ennemi.

Il rentra chez lui après le travail et s'assit devant son téléviseur. Il attendit qu'on parle de l'annulation du concert, en vain, le sujet ne fut pas jugé digne de faire l'objet d'un reportage. Il se coucha vers vingt-deux heures mais ne parvint pas à trouver le sommeil. C'était comme s'il venait de perdre un être cher.

La nuit suivante – il n'était pas allé retirer son billet pour le concert, au lieu de quoi, il avait regardé un jeu télévisé, et contrairement aux quatre candidats, il aurait été capable de répondre à chaque question, fort simple – il rêva de Lotte et tout était aussi tangible que dans la vie réelle : la femme, la rue, la nuit, les bruits, les rares piétons, quelques voitures, l'odeur, la température, un tramway au loin, des centaines d'insectes qui dansaient, avides de lumière, à la lueur des lanternes, qu'ils auraient voulu fuir mais n'y arrivaient pas, car la lumière les retenait captifs. Il faisait nuit, le ciel était piqueté d'étoiles, une lune rouge tranchante comme une serpe planait entre l'horizon et le firmament, ils marchaient le long d'une rue peu animée, sous les lampadaires dans lesquels l'air semblait bouger. Ils s'arrêtèrent sous l'un d'eux comme s'ils en étaient convenus. Stettler sortit un ruban blanc en soie de la poche de son pantalon, demanda à Lotte de se retourner, leva les mains à son visage et lui banda délicatement les yeux afin que la surprise soit complète. Elle le laissa faire avec un gloussement béat. Il la guidait et elle aimait cela. Ils marchèrent le long de la rivière, à travers la vieille ville, longèrent le musée, la cathédrale, l'hôtel de ville, passèrent sous le pont, puis revinrent sur leurs pas. Elle avait glissé son coude sous le sien, il sentait la pression légère et agréable de son épaule sur son bras. Au cours de leur promenade, ils avaient croisé des piétons nocturnes qui leur avaient fait des signes de tête amicaux, les messieurs soulevaient leurs chapeaux à bords rigides, les dames disaient cordialement *Grüß Gott**, le monde entier semblait plein d'attentions à leur égard. Ils marchèrent pendant des heures, bras dessus, bras dessous, il touchait sa main, son visage, ses cheveux, rien n'était comme d'habitude, tout était innocent et insouciant, il régnait une paix qu'il n'avait jamais connue. C'était son sentiment à lui et son sentiment à elle et un sentiment général. Le monde s'était adapté à lui. Dans cette tiède soirée de printemps, les tilleuls répandaient leur parfum, un merle chantait, une voiture passa et les occupants agitèrent leur main : le père, la mère et les trois enfants ; enfin ils atteignirent leur but, arrivèrent devant la vitrine destinée uniquement à Lotte et à personne d'autre. Il l'avait décorée en son honneur, elle était ornée des insignes de sa profession, de son existence, mais à l'instant où il allait la lui montrer, le songe s'interrompit brusquement, en d'autres termes, Stettler, le rêveur de l'impossible, fut arraché à son sommeil par une chose extérieure à son rêve. C'était encore Bleicher. Son visage s'était glissé devant celui de Lotte, il était apparu dans la vitrine. Il entendit au loin le vacarme d'un avion, le premier appareil pour Rome.

---

* « Que Dieu vous salue » (expression en usage dans les pays et régions germanophones au sud de la rivière Main).

13

Le printemps

Il fut très facile de découvrir où vivait Bleicher, il lui suffit de chercher son nom dans l'annuaire téléphonique, il n'y avait pas beaucoup de Bleicher et seulement un Werner. Il n'habitait pas dans un pavillon de banlieue comme il l'avait d'abord supposé mais en plein centre-ville, et même à cinq cents mètres à vol d'oiseau de son appartement, dans un coin tranquille de la vieille ville. La nouvelle qu'il n'était pas marié avait déjà fait le tour du grand magasin, mais après tout cela ne signifie pas grand-chose de nos jours, en tout cas cela ne signifiait pas qu'il vivait seul, mais seulement qu'il ne connaissait pas l'intérieur de la salle des mariages. Stettler ne se serait étonné de rien. Le nom composé Bleicher-Dengler qui était inscrit dans l'annuaire à la même adresse permettait de conclure que ses parents vivaient sous le même toit que lui.

Stettler connaissait la rue, comme il connaissait toutes les rues du quartier. Il ne se serait jamais douté que le propriétaire du magasin d'articles de magie, une boutique connue dans toute la ville, au-dessus de laquelle se trouvait l'appartement de Bleicher, était le père de celui-ci. Il n'avait jamais mis les pieds dans ce magasin, il n'avait pas la moindre idée de l'aspect qu'il pouvait avoir – des accessoires de prestidigitation et des baguettes pour apprentis magiciens, des cylindres et sans doute des lapins blancs, de l'abracadabra pour les enfants ainsi que pour les adultes qui refusaient de l'être. Il s'agissait de la seule boutique de ce genre dans la ville, personne n'avait jamais songé à faire concurrence à un commerçant si connu. La boutique existait d'aussi loin que Stettler pût s'en souvenir. Elle existait déjà à l'époque où sa mère était encore une petite fille. Stettler n'y était jamais entré et n'aurait jamais cru le faire. Mais un jour, il se dirigea si résolument vers elle qu'on aurait pu croire que c'était bien son intention. Il n'avait cependant aucune idée précise de ce qu'il comptait faire. Il se laissait porter.

Il passa devant la boutique un lundi, un vendredi et un dimanche. Il marchait chaque fois d'un pas mesuré, le visage caché par le bord du chapeau, et sut dès sa première incursion que l'entrée des appartements des étages supérieurs se trouvait juste à côté de la porte du magasin. Une pancarte indiquait si le magasin était ouvert ou fermé. La deuxième fois, il passa si près de la maison qu'il faillit effleurer le mur mais il réussit à lire les noms à côté des boutons de sonnette.

L'emplacement des plaques en cuivre bien astiqué laissait à penser que les parents vivaient au premier étage, et Bleicher au deuxième.

Il ne croisa pas plus Werner Bleicher que ses parents. La rue était de toute façon peu fréquentée, c'était plutôt, à vrai dire, une ruelle peu empruntée par les voitures, un emplacement commercial pas fameux, comme Stettler le constata.

Croiser Bleicher lui aurait été désagréable. Mais Bleicher ne l'aurait peut-être pas reconnu ou bien ne se serait pas étonné de le rencontrer ici. De toute façon sa curiosité était plus forte que sa crainte de lui tomber dessus. Il n'avait rien à se reprocher. Il se comportait en homme libre qui se rend là où il veut. Homme libre, il prenait le chemin qui lui plaisait. Certes, s'il avait rencontré Bleicher au cours de sa première promenade, il aurait repoussé la deuxième *sine die*. Il essaya de ne pas y penser, il n'était pas question que Bleicher occupe son esprit.

Il fut forcé de reconnaître que la vitrine d'articles de magie était décorée avec professionnalisme et charme. Ni poussiéreuse, ni désuète, elle attirait immédiatement les regards. Stettler se dit que Bleicher pouvait bien avoir appris son métier le plus naturellement du monde, de son père ou de sa mère, car les propriétaires de la boutique devaient certainement décorer leur vitrine eux-mêmes. Les expériences que l'on accumule dans sa jeunesse sont plus marquantes que tous les enseignements que l'on reçoit dans une école ou auprès d'un maître.

La vitre paraissait avoir été récemment nettoyée, elle n'avait en tout cas ni traces, ni taches, tout était présenté de belle et claire façon, exactement comme Stettler l'aurait fait. Les articles de farces et attrapes et les articles de magie (gobelets en cuir, dés, blocs à dessin magiques, jeux de cartes, tartes factices, coussins péteurs) étaient protégés des rayons du soleil par un store rouge et blanc au lieu d'un film en plastique jaunâtre collé à même le verre, comme on le voyait souvent dans les petits commerces.

Tout était bien pensé et coquet, naturel et plaisant. La pénombre, la clarté et l'obscurité étaient agréablement réparties. Il était inutile de se donner de grands airs et de promettre la lune. L'enseigne au-dessus de la porte – un cylindre noir sur lequel était inscrit en caractères rouges *La Boutique Magique de Bleicher* – était soit toute neuve, soit fraîchement repeinte en couleur fluo et ne paraissait aucunement affectée par l'usure du temps. Il était sûr qu'une petite clochette résonnait délicatement lorsqu'on ouvrait cette porte et qu'on entrait. Il aurait aimé entendre ce tintement léger pour être ramené dans le monde enfoui de son enfance où existaient tant de boutiques de ce genre, presque toutes supplantées depuis par des grands magasins de plus en plus étendus et des commerces de détail de plus en plus gros. Mais pour jeter un coup d'œil à l'intérieur du magasin, il aurait fallu que Stettler s'arrête, et cela lui semblait trop voyant. Il était tout à fait possible que Werner Bleicher se trouve dans la boutique et Stettler ne voulait pas être vu.

C'était donc le monde de l'enfance de Bleicher. Le magasin d'articles de magie qui s'était toujours appelé « la boutique magique de Bleicher » avait existé dans l'enfance de Bleicher comme dans celle de Stettler. Mais comme Bleicher en était loin à présent, et comme lui-même en était proche.

Chaque fois qu'il passait devant la vitrine, il y avait de la lumière à l'intérieur, pourtant il ne pouvait distinguer ni le propriétaire, ni les clients, ni les parents de Bleicher, ni Bleicher lui-même, ni un adulte, ni un enfant, pas même le comptoir. Le magasin paraissait appartenir au passé, au-delà du monde vivant.

La vitrine actuelle représentait la scène d'un théâtre de variétés, encadrée d'un rideau rouge. Sans être particulièrement originale, l'idée était ravissante et elle plaisait à Stettler. L'éclairage indirect provenait d'une petite boule à facettes qui tournait lentement et ses prismes minuscules projetaient des reflets lumineux dans toutes les directions.

Stettler l'avait prévu et redouté, mais il n'y pouvait rien. Les rêves sont plus forts que la réalité et, pas plus que les autres mortels, il n'était capable de les diriger. Et ce qui devait arriver arriva : la nuit suivante, il rêva que Bleicher se produisait en tant que magicien sur la scène étroite d'un petit théâtre dont les entrées avaient été verrouillées au début du spectacle, ce qui, annonça-t-on, faisait partie du numéro qui allait suivre, un numéro d'escapologie, pensa Stettler, mais il se trompait, c'était le courage des spectateurs qui allait être mis à l'épreuve. En guise de costume de scène, Bleicher portait une cape noire à doublure rouge, dans les invisibles poches intérieures de laquelle des douzaines d'objets, y compris des animaux, étaient dissimulés, mais dont seul un petit nombre allaient être utilisés. Il portait des gants blancs et un cylindre, son visage était couvert d'un bas de nylon gris, il était méconnaissable et ressemblait à une tête de momie. Le silence était sépulcral, aucune musique ne jouait et la bouche masquée n'émettait aucun son. Bleicher faisait son numéro de prestidigitation en silence, car comment aurait-il pu parler sous son masque ? Il fit apparaître de son chapeau des lapins puis des mouchoirs multicolores qui se transformèrent en bouquets de fleurs, c'était le numéro habituel, et enfin des serpents qui se dressèrent d'un coffre où s'étaient trouvées des colombes l'instant d'avant. En les voyant s'échapper, rapides comme des flèches et en sifflant dangereusement, les spectateurs furent pris de panique et se précipitèrent vers les portes verrouillées, qu'ils se mirent à secouer désespérément. Tout le monde poussait des cris désemparés, des odeurs corporelles désagréables commencèrent à envahir la salle, et subitement Stettler se retrouva assis tout seul dans l'orchestre. Afin de se protéger des serpents visqueux et luisants qui glissaient dans tous les sens sous son siège et dardaient leur tête vers lui, il ramena ses jambes contre son torse, ramena ses pieds sur la chaise et posa son menton sur ses genoux, sa respiration se faisait rapide et saccadée, il avait une peur affreuse que la chaise ne s'effondre sous son poids. Soudain, Stettler remarqua qu'un inconnu avait pris son rôle. Ce n'était plus lui qui était assis là-bas, sur la chaise. Il en éprouva un soulagement infini. Quant à Bleicher, on n'en voyait plus trace. Tout ce qui restait, c'étaient les serpents véloces qui se tortillaient.

Mais même le plus horrible des cauchemars ne pouvait détruire l'image de la belle vitrine. Elle rappelait trop à Stettler les vitrines de son enfance et de sa jeunesse, qui l'avaient jadis incité à devenir décorateur.

À sa quatrième balade vers le magasin d'articles de magie, il se rejeta en arrière en voyant une silhouette émerger de l'immeuble alors qu'il allait traverser la rue. C'était Bleicher. Stettler aurait pu s'y attendre. On était samedi et tout le département avait congé, pas seulement lui. Il réagit avec célérité et à-propos. Il s'immobilisa puis recula de trois pas. Pas trop vite, pour ne pas attirer l'attention. Puis il attendit derrière un poteau. Personne ne pouvait le voir, et Bleicher encore moins.

Tout allait bien et cela pouvait être utile d'avoir un aperçu inespéré de la vie privée de Bleicher. Des secrets, que celui-ci n'aurait certainement pas voulu voir étalés sur la place publique, pouvaient se révéler au grand jour au moment où il s'y attendrait le moins. Stettler pouvait s'estimer heureux d'être passé à cet instant précis. La boutique en tant que telle ne l'intéressait plus, son importance était devenue secondaire. La ville lui apparut d'un coup plus grande que d'habitude, c'était comme si elle s'étirait et s'étalait, comme si les maisons avaient gagné en hauteur et que les distances entre deux points devenaient plus longues à franchir que de coutume.

Bleicher n'était pas seul, sans cela il aurait peut-être remarqué l'observateur clandestin. Il aurait peut-être levé les yeux et eu la surprise d'apercevoir Stettler dans sa rue. Mais son attention était accaparée et il ignorait qu'on l'observait. Mais Stettler le faisait.

Comme un détective dans un film américain, il filait son rival.

La femme qui sortit derrière Bleicher avait au maximum dix-huit, ou dix-neuf ans, c'était difficile à évaluer, elle était peut-être encore mineure ; les jeunes femmes – les hommes aussi – paraissaient à présent plus âgées qu'au temps de la jeunesse de Stettler, ce qui cependant ne signifiait rien, surtout pas qu'elles étaient adultes et responsables. Frayer avec elles pouvait relever du Code pénal, peu importait leur avis personnel. Elles n'avaient le droit ni de voter ni de se marier, elles étaient tout juste autorisées à renoncer à leur affiliation à une Église mais n'avaient pas le droit d'avoir des rapports sexuels avec des hommes adultes. Rien n'indiquait que ce n'était pas justement cela qui venait de se produire, même si on ne voyait aucun désordre dans la tenue de l'un ou de l'autre. Leur coiffure en particulier était impeccable, trop impeccable peut-être pour ne pas être suspecte d'avoir été arrangée avec un tel soin. Mais ce n'était naturellement pas une preuve.

La jeune femme portait un pantalon rose clair et un pull-over blanc moulant ainsi qu'une large ceinture à grosse boucle qui mettait en valeur ses hanches étroites. Stettler était sûr qu'il ne s'agissait pas de la sœur de Bleicher, quoiqu'il fût tout à fait possible que Bleicher ait une sœur. Mais ce qu'il voyait et percevait en les observant – leurs regards, leurs mouvements – plaidait contre.

Puis une deuxième fille apparut derrière la première et elle non plus n'était assurément pas la sœur de

Bleicher. Son teint basané était plus qu'un bronzage et Stettler crut même identifier des traits négroïdes dans ses lèvres épaisses et son nez aplati. Il aurait pu jurer que le regard de Bleicher était vissé sur le postérieur de la fille. Mais ce n'était pas encore tout, car peu après l'apparition des jeunes femmes, suivirent deux jeunes gens, les cheveux longs jusqu'aux épaules. Ils portaient tous les deux une veste en velours côtelé vert, pas de cravate, une chemise à col ouvert et des jeans.

Stettler regretta de ne pas avoir d'appareil photo. Il n'avait pas songé un instant à en emporter un dans ses expéditions vers la boutique de magicien, à quoi bon, il n'y avait pas de souvenirs de vacances à immortaliser. Pour le moment, Bleicher pouvait donc nier ce que Stettler avait vu de ses propres yeux et qui pouvait aisément être interprété comme de la corruption de mineurs. En l'absence de photographie, le témoignage de Stettler manquait d'une preuve visuelle attestant qu'il n'avait pas inventé ces pratiques illicites, afin de nuire à Bleicher par malice et par jalousie. Il se promit de toujours emporter son appareil chaque fois qu'il viendrait rôder autour de la boutique. Il songea même à acheter un Polaroïd, plus maniable et plus discret que le grand et onéreux Hasselblad qu'il s'était offert voilà plusieurs années mais qu'il avait rarement utilisé – et dans lequel se trouvait sans doute toujours la même pellicule. Il ne se rappelait pas la dernière fois qu'il avait pris une photo.

Mais il n'avait pas le temps d'y réfléchir. Les cinq personnes qui prirent à droite, en direction du centre-ville, paraissaient plus pressées d'arriver à destination que les autres piétons, elles n'entendaient manifestement pas se laisser porter par le flux.

Stettler les suivit sur le trottoir opposé, à l'abri des arcades et du flot de plus en plus épais de passants, maintenant une distance suffisante pour rester invisible. Si Bleicher, contre toute attente, l'apercevait tout de même, sa présence pourrait apparaître comme une coïncidence, la ville était petite et à taille humaine. Mais les cinq étaient beaucoup trop occupés par eux-mêmes pour faire attention à ce qui les entourait. Stettler les voyait discuter avec fougue, sans pouvoir comprendre le moindre mot. Ils riaient, joyeusement excités comme des enfants, une communauté soudée – et Bleicher était leur meneur passionné. Les filles semblaient danser sur le pavé. Ils approchèrent bientôt d'une des rues commerçantes, où les voitures ne circulaient pas. Le trafic motorisé y était interdit à tous les véhicules sauf pour les résidents, les livreurs et les chauffeurs de taxi.

Il les suivit sur environ huit cents mètres. Les perdit des yeux, accéléra le pas, bouscula une dame âgée en tailleur haute couture et faillit heurter un fauteuil roulant, puis ils réapparurent, disparurent à nouveau – et ressurgirent. Stettler n'était pas vêtu pour courir mais ne se rendait même pas compte qu'il transpirait. Il ne se souciait pas de ce que les autres pouvaient penser de sa hâte. Il ne quittait pas la gauche de la rue des yeux. Enfin ils s'arrêtèrent. Lui aussi, il était hors d'haleine.

À sa grande surprise, ils s'étaient arrêtés devant les vitrines des *Quatre Saisons* que Stettler avait réalisées, son dernier travail avant la décoration estivale, dont Bleicher avait été chargé.

Stettler s'immobilisa. Il aurait tant aimé se rapprocher pour écouter ce que les autres disaient, mais c'était impossible s'il ne voulait pas être découvert. Mais il en voyait assez pour comprendre ce qui se passait. Ils riaient. Ils se montraient certains détails. Ils passaient d'une vitrine à l'autre. Sa décoration les faisait rire. La vue de Stettler se brouilla.

Ils se moquaient de ses vitrines, ils se moquaient de lui, des branches de cerisier en fleur, de l'arbre couvert de blouses, des jouets, de l'arrangement des sacs à main, de la collection masculine de printemps, des couleurs, de la lumière et de l'ombre. Il essaya de se concentrer sur le mouvement de leur bouche afin de deviner leurs paroles, mais en vain. Il ne voyait pas les vitrines, il voyait uniquement les silhouettes qui s'agitaient, gesticulaient et paraissaient danser devant. On riait, on se moquait de lui, il avait besoin de s'asseoir mais il n'y avait pas de chaise, pas de banc, pas de café, pas de salon de thé, juste d'étroits appuis sur les murs, il ne s'assit donc pas, il continua de regarder fixement le groupe en face de lui et vit avec quelle gaieté, quelle allégresse ces jeunes gens le tournaient publiquement en dérision.

Il prit une décision.

Le soir même, Stettler écrivit une lettre. Il fit un premier jet à la main, court et énergique. Il ne se préoccupa pas de l'écriture, d'une part parce qu'il ne s'agissait pas de la version définitive et d'autre part parce que la lettre devait avoir l'air d'avoir été écrite par une personne inculte, un étranger ou une malade mentale. Tout lecteur de cette lettre devait tomber dans le panneau.

Il savait que ce qu'il faisait était indélicat, mais cela lui importait peu. Il le faisait pour pouvoir respirer et s'en sortir. Il devait agir parce que cela le libérerait et qu'il ne connaissait pas un moyen plus efficace pour y arriver que d'écrire cette lettre.

Il est notoire que l'un de vos collaborateurs, M. Bleicher, traîne avec des mineurs, ce qui laisse penser qu'il a aussi des relations secsuelles avec eux, autrement dit qu'ils couchent ensemble. Ce comportement d'un des vos employés est condanable intenable et indigne de votre maison. Mettez-y un frein. Si vous ne le faîte pas la police l'apprendra et ce sera mauvais pour vos affaires. M. Bleicher a été vu plusieurs fois avec des filles et des jeunes gens. Ils entrent et sortent de chez lui où ils se comportent de façon immorale débridée et peu décente. Le séducteur fornique avec eux. Si vous ne faites rien contre ça, vous devenez complisses. Je vous épargne les détails. Un ami qui vous veut du bien et aussi aux victimes sans défense de M. Bleicher.

Il suffisait d'éveiller les soupçons et de semer la discorde. Il suffisait de faire allusion à ces choses, il n'était pas nécessaire d'en prouver la véracité. Une fois rendues publiques, les insinuations circuleraient rapidement dans les eaux troubles des suppositions, pour bientôt y faire des vagues. Il suffisait de profiter du moment opportun. Il suffisait de s'exprimer à demi-mot. Il suffisait de faire craindre le scandale. Répandre une insinuation était aussi simple que de réciter l'alphabet une fois qu'on le connaissait par cœur. Chaque mot qu'il écrivait lui ôtait un poids sur le cœur.

Et chaque caractère qu'il découpa les jours suivants dans divers journaux et magazines qu'il avait achetés au kiosque et qu'il ajouta aux siens pour composer le texte écrit d'un seul jet le samedi soir lui permettait de rendre au monde ce qu'il lui avait fait, il s'en libérait. Il n'avait pas le moindre remords. Ni le moindre état d'âme. Ni le moindre scrupule. Sa tâche accomplie, il dormit bien mieux que les semaines précédentes.

Il y travaillait tous les soirs, avec hargne et ardeur, mais avec joie aussi. Il voulait que la lettre fût aussi parfaite que la plus belle vitrine qu'il ait jamais décorée. Dans la journée, il paraissait fatigué, et Mlle Hodel le trouvait passablement distrait, mais Stettler lui en avait fait voir bien d'autres.

Il portait des gants en permanence car il devait s'attendre à ce qu'on cherche des empreintes digitales sur le papier de l'expéditeur anonyme. On avait vite fait des erreurs. Il se réconfortait en pensant au jour où, la lettre terminée, il pourrait la glisser dans la boîte. Plus il la fignolait et la relisait, plus il trouvait le texte profond, l'arrangement des caractères bien pensé, et le contenu, incendiaire ; tout convenait, tout portait, tout collait parfaitement. Avec une étonnante facilité il s'était mis à la place de ce personnage qu'il n'était pas, qu'il ne connaissait pas et qu'au fond il ne voulait pas être, qu'il se contentait d'incarner : l'auteur méprisable d'une lettre anonyme.

Ce n'était pas un hasard si Stettler n'avait pas entendu Lotte Zerbst jouer à la radio depuis longtemps, elle ne jouait certainement pas moins qu'auparavant, mais il n'allumait presque plus son poste.

Il n'était plus l'homme qui avait jadis écrit à la célèbre pianiste. Il avait l'impression que des années avaient passé, et qu'elles avaient tout changé. Il ne voulait plus écouter de musique. Elle lui était devenue étrangère. La musique cherchait une issue qu'il ne pouvait plus trouver. Il n'avait aucun mal à s'en passer.

L'idée de rencontrer Lotte Zerbst, une artiste authentique, de s'asseoir en face d'elle, les yeux dans les yeux, comme s'ils appartenaient à la même espèce, avait été une illusion pleine de naïveté ; qu'avait à faire une musicienne classique renommée d'un insignifiant décorateur de vitrines, et de quoi d'ailleurs auraient-ils bien pu parler, de mannequins, de sonates ? Ce n'était pas sans intention qu'il lui avait caché sa profession, il fallait qu'elle le prenne pour quelqu'un qu'il n'était pas, mais pour qui ? Il préférait ne pas se casser la tête avec ça.

Pour l'instant, « l'autre travail » lui suffisait, il se réjouissait toute la journée en pensant aux heures qu'il allait pouvoir consacrer au maniement de la colle et des ciseaux. Cela lui évitait de penser à Bleicher et à son avenir immédiat. Il se concentrait sur son découpage. L'homme dont il était question dans sa missive, l'homme qu'il avait décidé de dénoncer sournoisement, n'était pas celui qui, au même moment, réfléchissait probablement à la meilleure façon de décorer les vitrines d'été. La silhouette de Bleicher commençait à s'estomper. Elle ne disparut pas tout à fait mais devint de plus en plus difficile à reconnaître. Stettler n'était pas le seul à changer ; Bleicher changeait aussi.

Quoi qu'il pense personnellement de ces accusations, qu'il y accorde foi ou non, Schuster serait obligé de réagir à cette lettre. Des photos auraient bien sûr été plus convaincantes que cette épître anonyme composée de mots et de caractères découpés afin de masquer l'identité de l'expéditeur. Schuster convoquerait Bleicher dans son bureau. Il lui présenterait la lettre et lui demanderait de s'expliquer sur ces allégations. Qu'il y croie lui-même ou non, il le sermonnerait, l'inviterait fermement à jouer cartes sur table, *Les Quatre Saisons* étaient une maison honorable, pas le moindre soupçon ne devait l'effleurer. Est-ce que vous donnez rendez-vous en secret à ces mineurs dont il est question, oui ou non ? Que dois-je en penser ? Qu'avez-vous à dire pour votre défense ? Qu'est-ce qui a pu donner cette idée à cette personne ? Y a-t-il du vrai là-dedans ?

La lettre était comme une œuvre d'art. Il avait réussi à choisir des caractères et des mots suffisamment petits pour que le texte entier tienne sur une seule feuille, recto verso.

Il réprima à grand-peine son envie de signer au bas du document. Quand il eut fini, il tint la lettre à bout de bras comme un peintre qui examine un dessin. Dommage que le texte ne puisse pas tenir sur une seule page, comme si c'était un tableau qu'on pouvait accrocher au mur – il le fixa au ruban adhésif sur un des murs de l'ancienne chambre de sa mère, c'était joli, mais l'envers manquait.

Une semaine après, il recommença tout. Cette fois, les caractères devaient être assez fins et élégants, pour que la lettre tienne sur une seule page. Le verso devait rester vide. Se procurer également des caractères en couleur s'était révélé plus facile qu'il ne l'avait craint. Aussi raccourcit-il son texte et passa-t-il une nouvelle semaine à peaufiner sa menace, un peu abruti par l'odeur de la colle visqueuse, qui comportait une substance anesthésiante, irritante pour ses parois nasales. La réduction à l'essentiel conférait à sa lettre une concision bienvenue.

LE BRUIT S'EST REPANDU QUE M. BLEICHER A DES RAPPORTS SECSUELS AVEC DES MINEURS. CE COMPORTEMENT SALIT L'HONNEUR DE VOTRE MAISON. METTEZ-Y UN FRAIN. SI CE N'EST PAS FAIT LA POLICE SERA MISE AU COURANT. DES FILLES ET DES GARÇONS ENTRENT ET SORTENT CHEZ LUI. LE SÉDUCTEUR FORNIQUE AVEC EUX. SI VOUS N'ENTREPRENEZ RIEN POUR L'ARÊTER VOUS DEVENEZ COMPLISSES. JE VOUS ÉPARGNE LES DÉTAILS. UN AMI QUI VEUT DU BIEN À VOUS ET AUX VICTIMES SANS DÉFENSE DE M. BLEICHER.

Stettler fut très content. Cette version était meilleure, plus équilibrée et plus frappante et *a fortiori* plus convaincante que la première. Mais la question qu'il s'était souvent posée ne tarda pas à revenir, à savoir si une preuve photographique à l'appui de ses affirmations ne serait pas plus convaincante que des insinuations que le suspect allait évidemment nier. D'accord, il ne possédait aucune preuve contre lui, mais rien ne s'opposait à ce qu'il réussisse bientôt à en obtenir une ; Bleicher, entouré d'une nuée de jeunes femmes, balaierait toutes les incertitudes.

Il chercha et retrouva l'appareil, qu'il n'avait plus utilisé depuis des années, dans le placard du couloir. Il le tira d'un tas de vieux jouets qu'on avait gardés pour des enfants qui n'étaient jamais venus, dépoussiéra le froid boîtier noir finement veiné avec un chiffon humide et le considéra attentivement. Il mit un moment à se familiariser de nouveau avec le maniement de l'appareil, d'autant qu'il ne disposait plus du mode d'emploi, sans doute perdu ou qui était tombé au fond du placard dans un recoin inaccessible. Trente ans avaient dû passer depuis l'achat de l'appareil et quinze ans au moins depuis sa dernière utilisation. Si ses souvenirs étaient exacts, c'était au jardin zoologique, près de la rivière, lorsqu'il avait photographié un petit garçon qui donnait à manger à un de ces écureuils aussi familiers que les moineaux ou les chiens.

Comme il craignait de gâcher la pellicule à l'intérieur en ouvrant l'appareil, il préféra attendre le lendemain et demander à un photographe de développer les vingt-deux photos exposées et de mettre une pellicule neuve.

Il n'expédia pas la lettre anonyme.

Une semaine plus tard, il récupéra les photos et les sortit de l'enveloppe blanche portant le logo du laboratoire qui les avait tirées sur papier. Les photos du petit garçon étaient en haut de la pile. Sur la première, on le voyait accroupi, tendant la main vers l'écureuil dont la tête était visible sur le bord droit du cliché. Sur la deuxième, l'animal mangeait tranquillement des noisettes posées dans sa paume. L'homme, derrière le garçon, était sans doute son père, on ne voyait que le bas de son pantalon noir. C'était la fin de l'hiver, on reconnaissait sur le sol des restes de neige fondue.

Deux photos d'un petit garçon. Mais qui avait pris les vingt autres ? Il se souvenait parfaitement des photos prises au zoo, mais n'avait aucun souvenir de la femme. Il ne se rappelait pas ces photos car ce n'était pas lui qui les avait prises. Elles avaient été prises avec son appareil, mais pas par lui. Le laboratoire les avait-il substituées à d'autres par mégarde ? Il recompta deux fois, il y avait exactement vingt photos. Toute confusion était impossible, elles avaient été prises dans cet appartement, ici même.

C'était la commode de sa mère. C'était le tapis du salon. C'était le couloir. C'était la porte du balcon. Mais il ne connaissait pas la femme, il ne l'avait jamais vue.

L'inconnue n'était jamais montrée sous le même angle ; les différents points de vue semblaient avoir été réfléchis ; à sa grande surprise il y avait même une vue de dos. Quelqu'un derrière elle l'avait photographiée. « S'il vous plaît, retournez-vous », lui avait demandé quelqu'un. Acquiescement et stupéfaction se lisaient sur son visage. Sur toutes les photos, elle portait la même robe noire, moulante, étroite, sans bretelles, une robe du soir sobre mais élégante. On voyait ses épaules, ses mains et ses jambes. Ses pieds étaient chaussés d'escarpins, sauf sur une photo où ils étaient nus.

Pour quelle raison avait-il fait ces clichés, et si ce n'était pas lui, qui les avait donc faits ? En dehors de sa mère, personne n'avait pu utiliser l'appareil.

Il posa les photos de la femme sur la table de la salle à manger, en deux rangées, dans l'ordre où elles avaient été prises. Sur la première photo du haut à gauche, on ne voyait que son visage de face, sur la deuxième, son visage de profil, sur la troisième, son buste, et ainsi de suite, la dernière image était la vue de dos. Au final, elle était représentée dans toutes les positions imaginables – sauf à l'horizontale. Stettler constata que ces photos l'excitaient, bien que l'inconnue ne fût pas très jolie. Il y avait quelque chose de pressant dans l'expression, une invitation muette à ne pas la lâcher des yeux, à la déshabiller, à lui arracher ses vêtements, à la pénétrer. Il se masturba sur les photos.

Après les avoir essuyées, il se plongea dans la contemplation de l'inconnue, jusqu'à ce que lui revienne une brève rencontre, remontant à un grand nombre d'années, que ressurgisse un souvenir qui n'était peut-être qu'une illusion née de la longue contemplation de ces images, sauf qu'elle se transforma rapidement en certitude. N'était-ce pas la femme qu'il avait vue brièvement, jadis, au moment où elle prenait hâtivement congé de sa mère ? Celle-ci avait déclaré qu'il s'agissait d'une personne qui avait envie d'organiser une de ces réunions Tupperware, qui commençaient à devenir à la mode et qui l'avait sélectionnée au hasard.

À peine le souvenir surgit-il qu'il pâlit, sans toutefois disparaître complètement. Il y avait à présent cette femme. Qui cela pouvait-il être sinon elle ? Et qui d'autre que sa mère aurait pu la photographier ? Mais pour quelle raison ? Il ne se rappelait pas que la réunion ait eu lieu. Aucune photo n'immortalisait un groupe de ménagères, d'ailleurs cette femme n'avait pas l'apparence d'une ménagère, elle paraissait autonome plutôt que femme au foyer.

Si la femme sur les photos était effectivement celle qui eut l'intention d'organiser cette fameuse rencontre Tupperware, pourquoi sa mère, qu'il n'avait jamais vue un appareil photo entre les mains, l'avait-elle photographiée ? La réunion de ménagères n'avait-elle été qu'un subterfuge pour taire la véritable mission de l'inconnue ? Plus il y réfléchissait, plus il avait l'impression de se rapprocher de la vérité. Il était difficile de démêler les fils de ses pensées, mais à la fin il arriva à une certitude aussi absolue que si sa mère défunte lui avait tout expliqué.

Stettler se souvenait qu'elle n'avait cessé de le presser de reprendre enfin la photographie – comme s'il avait un jour été autre chose qu'un amateur maladroit. Puisqu'il s'était offert un appareil aussi cher, il devait l'utiliser au lieu de le laisser traîner dans le placard. Qu'il aille donc se promener dans la nature, où il y a tant de belles choses, intéressantes et excitantes à photographier, avait-elle maintes fois insisté. Pourquoi n'immortalisait-il pas ses vitrines sur la pellicule, le souvenir pourrait lui être utile une fois qu'il aurait pris sa retraite ? Il serait alors capable de contempler son passé et rien ne serait perdu. Mais il ne s'était pas laissé convaincre.

Il devait avoir la quarantaine à l'époque où ces photos avaient été prises et où il avait vu cette femme entre deux portes, à une époque où il y avait encore eu un faible espoir de le voir conduire une fiancée à l'autel, et à cet instant il comprit pourquoi sa mère avait pris ces photos et à quoi elles étaient alors censées servir, et pourquoi elle l'avait sans cesse poussé à utiliser son appareil : elle avait espéré qu'il ferait développer le film et qu'il reconnaîtrait sur les clichés la femme qu'il avait entrevue chez eux. Sa mère avait souhaité qu'il la désire. Qu'il la désire et veuille la revoir. Qu'il la revoie et veuille l'épouser. En la photographiant, elle avait voulu rendre service à son fils célibataire, dont elle avait manifestement considéré la vie comme incomplète. Elle avait voulu le rapprocher de cette femme en faisant l'entremetteuse, l'existence de ces photos était impossible à s'expliquer autrement. C'était donc la solution à ce mystère.

Il se leva et but trois bières sur le balcon au cours de l'heure suivante. Sa tête devint lourde et vide. Ses mains, insensibles. Si le repas avait brûlé, il ne l'aurait pas senti.

La nuit tomba et il se rappela soudain que sa mère avait dit un jour : « J'ai fait la connaissance d'une femme intéressante. Quelqu'un pour toi et quelqu'un comme toi. » Comme si elle en offrait deux pour une.

S'il la croisait aujourd'hui, il ne la reconnaîtrait pas. Mais peut-être croiserait-il aussi sa mère sans la voir.

Il allait jeter les photos, prendre de nouvelles photos avec son vieil appareil et les faire développer.

Sa nouvelle lettre anonyme lui plaisait tellement sur le plan artistique qu'il la fixa au mur avec des punaises qui s'enfoncèrent dans le papier peint comme dans du beurre.

Si Stettler avait su ce qui l'attendait, il serait resté chez lui. Depuis quelque temps, il passait les matinées du week-end à traîner au lit pendant des heures, pour réfléchir. Il n'avait rien à faire. Aucune obligation. Il n'allait plus ni à la rivière, ni au marché, ni au zoo. Il ne donnait à manger ni à un écureuil, ni à un âne, ni à des pigeons. Il achetait l'indispensable sans aller au marché pour ça. À quoi bon contempler le cours de la rivière, à quoi bon arpenter le marché, quand on n'a besoin de rien ? Il faisait chaud, on disait que l'été serait caniculaire. Mais il était persuadé que la chaleur et la sécheresse ne dureraient pas et qu'on dirait pour finir : c'était une année comme les autres.

S'il ne s'agissait pas d'une année comme toutes les autres, c'était dû aux émeutes, calmées depuis, qui avaient éclaté à Paris et à Berlin et qui étaient à présent le fait, avec un certain décalage, des jeunes d'ici. Le monde entier regardait.

Comme il s'attendait à rencontrer Bleicher et ses jeunes groupies, Stettler n'oublia pas d'emporter son appareil photo quand il se mit en route vers la boutique d'articles de magie. Mais elle était fermée, le propriétaire avait baissé le rideau de fer comme s'il attendait le déluge.

Pourtant la tempête ne faisait pas rage dans la petite rue latérale mais, à quelque mille cinq cents mètres de là, devant la gare ferroviaire où convergeaient les lignes de tramway et où affluaient les gens de la gare, vers la place du marché, les cafés, les petits commerces et les grands magasins du centre-ville.

Stettler attendit un quart d'heure, à l'ombre des fraîches arcades, que Bleicher et ses amis se manifestent – il n'y avait ni lumière, ni le moindre mouvement dans la maison – puis il rebroussa chemin. L'espoir de saisir sur pellicule l'instant où Bleicher se livrerait à des attouchements sur ses amis mineurs s'était envolé. Il reprit la route de son domicile.

Il était impossible d'échapper aux sirènes de police ; elles n'allaient pas vers les quartiers périphériques mais résonnaient – presque sans interruption – là où se dirigeait Stettler. Le vacarme assourdissant submergeait la vieille ville. L'idée qu'il n'avait pas fermé le gaz et que son appartement était en flammes le traversa, mais il la chassa ; les sirènes allaient vers la gare, pas vers sa maison.

Puis il entendit des voix tonitruantes qui scandaient inlassablement des slogans qu'il ne pouvait comprendre, mais dont le ton agressif révélait sans doute possible qu'il s'agissait d'exigences absurdes. « Agression », c'était le nouveau mot à la mode. « Agression » et « société ».

Ces éruptions verbales qui repoussaient et attiraient Stettler – il aurait pu faire demi-tour ou rentrer chez lui par un autre chemin – n'exprimaient ni le désespoir, ni la crainte, mais l'arrogance. Quelles que soient les concessions que ces parasites irresponsables voulaient imposer aux adultes raisonnables, ils avaient la certitude d'être dans leur droit. Leurs exigences étaient absolues, leurs menaces, sérieuses. Ils étaient victimes de l'establishment. Ils étaient les amis des Viêt-công. Ils approuvaient que leur drapeau ait été hissé sur la cathédrale.

Il les avait vus tant de fois à la télévision. Le journal télévisé montrait chaque jour des émeutes aux quatre coins du monde. Peu importaient les réponses et les arguments qu'on leur opposait, les émeutiers se comportaient comme des enfants butés qui refusent de se calmer tant qu'on ne fait pas leurs quatre volontés. Ils hurlent et n'arrêtent pas de hurler.

Mais ce n'est pas parce qu'ils croyaient avoir raison que Stettler devait se sentir en tort. Peu importent les convictions des plus braillards d'entre eux, lui n'avait rien à se reprocher. Ce n'étaient pas leur rue ni leur place, c'étaient sa ville, sa patrie, son existence et sa voie. Comparés à lui, ils étaient des enfants. Comparé à eux, il était un vieillard.

Les sirènes de police résonnaient à des intervalles de plus en plus courts. Les vociférations stridentes et mécaniques des mégaphones étaient devenues encore plus fortes. Les reflets des gyrophares tournoyaient sur les façades des maisons.

Stettler continua pourtant à avancer, imperturbable. En dépit des slogans beuglés dans un mégaphone par un jeune en sueur vêtu d'un blue-jeans, à qui un policier en civil ordonnait « Reculez ! », « Reculez, éloignez-vous des rails ! », « Si la place n'est pas libérée dans une demi-heure, nous serons obligés d'intervenir ! », il continua le chemin qui le ramenait chez lui. Stettler n'emprunterait aucun autre chemin que celui-là, il ne sacrifierait pas une seconde de son temps, c'était le trajet le plus court. Mais il n'alla pas loin.

En arrivant sur la place, il se retrouva au milieu de curieux qui avançaient en se bousculant jusqu'à former une épaisse muraille en avant. Il traversa néanmoins cette foule sans difficulté. On s'écartait pour le laisser passer. La politesse régnait encore.

Mais si, en deçà de la muraille, on était plein d'égards pour autrui, il en allait autrement au-delà, où l'on avait une vue directe sur les manifestants qui s'étaient installés sur les rails du tramway, pour l'empêcher de circuler. Ils étaient une quarantaine, assis par terre, brandissant des pancartes où étaient griffonnés des slogans à peine lisibles et auxquels Stettler ne prêta pas la moindre attention. On pouvait compter les filles sur les doigts d'une main, il y en avait cinq. Certains spectateurs criaient « vauriens » et « hippies » et « communistes, barrez-vous en Russie », les autres se contentaient de faire des commentaires à voix basse, riaient ou gardaient le silence. Parmi les manifestants se trouvait un jeune homme qui avait oublié de fermer sa braguette.

Stettler recula de quelques pas, la muraille devant lui se referma. Il avait néanmoins une bonne vue de l'événement. Une frontière invisible avait été tracée et nul ne la franchissait ; personne ne voulait se rapprocher trop des manifestants.

Les deux mégaphones se turent brièvement à l'approche d'une troupe de policiers casqués aux visières remontées, émergeant sans doute d'un car de police. Ils tenaient de petits boucliers ronds en rotin devant leur torse qui servaient visiblement pour la première fois, ils étaient neufs et paraissaient sortir d'un magasin de jouets. Ils ne pouvaient protéger les hommes ni de tirs d'armes véritables, ni de jets de pavés, mais la place de la Gare était asphaltée et personne n'avait à craindre une balle.

Il y avait trois groupes nettement séparés : la foule qui se pressait autour de Stettler – le plus nombreux des trois rassemblements –, la troupe alignée de policiers en uniforme et le ramassis de jeunes rebelles (environ cinquante). Ces derniers allaient probablement se défendre si on tentait de les évacuer de force. Il était en revanche impossible de prévoir s'ils allaient attaquer les premiers et devenir violents, ce qui n'était pas exclu. Tout le monde d'ailleurs s'y attendait, même que personne ne savait ce qu'il allait se passer. Il suffisait d'un rien.

Comme ils portaient des casques, les policiers étaient difficiles à distinguer les uns des autres.

Subitement, Stettler se mit à prendre des photos. Puisqu'il avait l'appareil sur lui, c'était logique de l'utiliser. Il appuya sur le déclencheur un peu au hasard. Mais il était presque sûr d'avoir bien visé et de ne pas avoir tremblé. Aucun autre badaud ne prenait de photos. Un des jeunes demandait du feu à un de ses voisins. Le hasard voulut que Stettler fixe cet instant sur pellicule, ça aurait aussi bien pu en être un autre.

Parmi ces jeunes se trouvait peut-être un des amis de Bleicher, peut-être Bleicher lui-même. Bleicher et Schuster. Il ne vit ni l'un ni l'autre. Il fut bousculé alors sur sa droite par une femme qui ne s'excusa même pas. Il lui marcha alors, délibérément et de tout son poids, sur le pied. Elle poussa un cri. Il ne s'excusa pas. Dans cette cohue, il lui était impossible de savoir qui l'avait piétinée.

L'air semblait incandescent bien que le soleil n'eût pas encore atteint la place, il n'était pas onze heures. Il se remit à appuyer sur le déclencheur, se sentant plus grand et plus fort à chaque nouvelle photo. L'horloge de l'église toute proche sonna onze coups.

De nouveau, il se fraya prudemment un chemin, pas à pas, jusqu'à se retrouver au premier rang. Beaucoup de manifestants portaient une chemise blanche, mais pas de cravate. C'étaient des détails insignifiants. Mais c'est d'eux que la vie est faite.

Ils s'étaient assis sur les rails pour protester contre la hausse des frais de transport. L'orateur, debout sur le socle de l'imposante fontaine qui marquait le centre de la place, le répétait sans relâche : « Le tram est à nous ! Transports gratuits, transports gratuits ! » Les autres se joignaient à lui.

Le jet d'eau, jaillissant de la gueule aux épaisses babines du dauphin debout sur sa nageoire caudale, était impressionnant comme toujours et projetait des gouttelettes qui brillaient sur le visage de l'orateur, mais personne n'y faisait attention. Le jeune homme continuait de brailler dans son mégaphone ; il paraissait de plus en plus en transe. Stettler le prit en photo lorsqu'il tourna par hasard la tête dans sa direction. L'autre s'en aperçut et le menaça du poing. Stettler tressaillit et recula comme s'il l'avait reçu dans la figure. L'orateur le fixa des yeux un instant puis parut se désintéresser de lui et se détourna.

Cinq voitures de police s'approchèrent et formèrent un demi-cercle infranchissable autour des manifestants. Les curieux reculèrent de quelques pas. Les jeunes ne cédèrent pas un centimètre de terrain. Les voitures de police s'arrêtèrent juste derrière les manifestants. La situation semblait menaçante, mais le provocateur retrouva vite la voix. Stettler continuait obstinément à photographier. Il avait déjà pris huit clichés.

Le policier en civil exhorta de nouveau les manifestants à se disperser et à rentrer chez eux sans s'obstiner, mais le ton avait changé. « Dispersez-vous immédiatement », répéta-t-il sur un ton bref et tranchant. Et, poursuivit-il : « Si les voies ne sont pas libérées dans le quart d'heure qui suit, les forces de l'ordre se verront dans l'obligation d'intervenir durement. Elles n'hésiteront pas à employer la force pour dissiper l'attroupement. » Et, répéta-t-il : « La force sans hésitation et sans ménagement. Car cette occupation de la place est illégale, d'autant plus que la manifestation n'a été ni signalée, ni autorisée. » Stettler le photographia également pendant qu'il tenait son discours. Personne, à part lui – et un policier en civil –, ne prenait de photos.

Le policier avait à peine fini de parler et abaissé son mégaphone qu'un homme d'âge moyen, que Stettler n'avait pas remarqué jusque-là, se détacha du groupe de badauds et se dirigea d'un pas résolu vers les manifestants. Il en avait visiblement après leur porte-parole. Le garçon sur la fontaine s'interrompit en le voyant. Il avait reconnu ce monsieur aux airs d'homme d'affaires ou de fonctionnaire. Lequel se jeta brusquement sur le garçon, le tira d'une main par sa veste légère et tenta de lui arracher le mégaphone de l'autre. Mais le garçon résista. Il serra le mégaphone contre lui et allait le ramener à ses lèvres lorsque le monsieur le gifla. Il avait apparemment visé la joue, mais il le toucha à la carotide. Le garçon écarquilla les yeux de douleur, pâlit puis rougit. Il semblait hébété. Tous les regards étaient fixés sur les deux hommes.

« Ça suffit, cette comédie. Tu rentres à la maison, et tout de suite ! »

Tout le monde comprit alors qu'il s'agissait du père du garçon.

Celui-ci refusa d'obtempérer. Personne d'ailleurs ne s'attendait à ce qu'il le fasse. Au lieu de cela, il prit son élan, ferma le poing droit et frappa. Il atteignit son père à l'estomac. Stettler appuya sur le déclencheur, il saisit l'instant de haine et de violence. Tout alla si vite que certains spectateurs ne comprirent pas ce qui se passait. Le père, le souffle coupé, tituba, s'affaissa lentement devant son fils et tomba à genoux. Personne ne vola à son secours lorsqu'il s'étala sur le pavé. Le fils, au-dessus de lui, ne fit pas un geste, même lorsque son père tendit la main ; il était peut-être effrayé.

Stettler crut entendre le bruit de la tête sur le pavé, celui d'une grosse noix qui s'écrase sur le sol. Deux policiers accoururent pour l'aider, ils l'aidèrent à se relever et s'éloignèrent en le soutenant. Quelqu'un cria : « Un médecin ! »

Les mégaphones se turent. Stettler fut pris de nausée mais il parvint à la réprimer. Il regarda à travers le viseur. Appuya sur le déclencheur. Une photo, et encore une. Il devait en avoir fait une douzaine, il ne les avait pas comptées.

À peine les deux agents s'étaient-ils éloignés avec le père qu'un coup de sifflet strident retentit. Quelques secondes plus tard, les policiers se jetèrent sur les manifestants. Mais ceux-ci résistèrent. Pas un seul d'entre eux ne comptait libérer la place de son plein gré. Ils restèrent assis. Se firent aussi lourds que des sacs de charbon. Le porte-parole leva de nouveau le mégaphone et glapit à l'intention de son père qui s'éloignait : « Résister, résister, parce qu'il faut tout changer ! » Le père ne se retourna pas. Peut-être ne reconnaissait-il pas la voix déformée de son fils. Peut-être ne l'entendait-il pas. Stettler se demanda ce qui pouvait bien se passer dans sa tête et prit une photo.

Ils réussissaient bel et bien à se faire plus pesants qu'ils ne l'étaient. Il fallait au moins deux policiers pour relever un manifestant qui résistait sans réellement se défendre. La pesanteur était devenue un moyen de résistance. À peine le relâchait-on qu'il glissait de nouveau au sol. Les filles donnaient des coups dans tous les sens. Ça fera une belle photo, se dit Stettler. Il faudrait une pelleteuse pour enlever ces têtes brûlées de là, fit remarquer un spectateur. D'autres rirent. Stettler les photographia.

Tout changea brusquement lorsque plusieurs policiers se mirent à viser les manifestants avec des lances à incendie. Ils s'étaient postés à environ vingt mètres de distance. D'autres policiers, qui s'étaient mis entre eux et les bouches d'incendie qui alimentaient les lances en eau, soulevaient les lourds tuyaux qui commençaient à se remplir.

L'eau éparpilla les émeutiers. Personne ne résista au jet. En quelques secondes, le pavé devint glissant. Les manifestants furent vite trempés jusqu'aux os. Les policiers les poursuivirent et les rouèrent de coups. Ils ne les atteignaient pas toujours, mais souvent. Les spectateurs aussi se sauvèrent devant le jet. Stettler vit deux policiers frapper un jeune homme qui se protégea le visage des deux mains ; alors ils s'en prirent à ses parties génitales. Stettler crut l'entendre hurler ; il était facile de se mettre à sa place. En l'espace de quelques minutes, la place était presque entièrement vide. Quelques manifestants furent arrêtés et emmenés. Soudain, un homme surgit à côté de Stettler : « Votre appareil. » On lui arracha l'appareil des mains sans même attendre sa réponse. « Suivez-nous au poste. »

14

L'été

Quand ils se rencontraient par hasard, ils se saluaient vaguement ou ne se saluaient pas du tout. Chacun laissait le choix à l'autre sans s'indigner. Chacun pouvait penser de l'autre ce qu'il voulait. On parlait peut-être de Stettler en son absence, mais personne ne parlait de Bleicher avec lui. Sans fournir d'excuse, Bleicher n'assista pas au repas de Noël de l'entreprise début décembre, cela fit jaser, on se demanda ce qui pouvait être si important dans sa vie pour renoncer à cette fête, mais on ne lui posa pas de questions. Il pouvait tout se permettre.

Par chance, il leur était facile de s'éviter. Leurs rencontres étaient toujours fortuites, jamais intentionnelles. Si Stettler examinait en catimini les vitrines de Bleicher, il avait l'impression que Bleicher ignorait son travail ; pas par calcul, mais à cause d'une profonde indifférence ; il ne voulait pas humilier Stettler, l'offense n'était pas délibérée, mais ça en augmentait la virulence.

Le dispositif d'Arthur Schuster prévoyait que Stettler et Bleicher décorent les vitrines en alternance. Il s'ensuivait donc en théorie une parfaite équité dans la distribution du travail. Comme Stettler le dit un jour à Mlle Hodel, celui-ci était équitablement réparti sur leurs épaules. Ces épaules différaient cependant en largeur et en résistance. Celles de Bleicher étaient nettement plus vigoureuses que celles de Stettler. Il détestait cette analogie mais impossible de l'éviter.

Comme Stettler s'était chargé de la collection de printemps, qui succédait à la vitrine mal aimée de janvier, l'été revenait cette année-ci à Bleicher. Les vitrines estivales étaient incontestablement plus prisées que les printanières ou les automnales. Une fois de plus, son rival avait tiré les meilleures cartes.

Schuster avait légèrement réduit le personnel. Deux employés avaient été affectés à d'autres départements, Stettler travaillait avec Mlle Hodel et deux apprentis. Bleicher employait deux nouveaux décorateurs qui avaient été embauchés à son initiative. C'était une nouvelle manifestation de la supériorité de sa position.

Les deux hommes qui assistaient Bleicher portaient des chemises pas repassées, sans cravate, et en guise de manteaux, des parkas vert foncé : vêtement informe, dernier cri et unisexe chez la jeunesse rebelle ; tout en eux révulsait Stettler. Mais il ne s'avéra pas nécessaire de faire l'effort de les ignorer. Ils prenaient si grand soin de l'esquiver qu'il ne les croisait quasiment jamais.

Chaque fois qu'il voyait un arrangement de Bleicher, Stettler croyait reconnaître quelque chose qui avait sommeillé en lui. Il ne pouvait pas s'expliquer pourquoi il en était ainsi. C'était comme si une puissance invisible avait empêché qu'il donne le meilleur de lui-même, que ses idées apparaissent au grand jour. Elles s'étaient dérobées à lui, étaient restées cachées. Stettler était certain d'avoir eu des inspirations similaires dans sa jeunesse. Il les avait réprimées. Dès lors elles s'étaient dérobées comme des animaux farouches. À présent, c'était Bleicher qui réalisait ce que Stettler n'avait pas eu l'audace de faire. Il avait toujours un pas d'avance sur lui. Jamais il ne le rattraperait.

Si Stettler n'était plus venu travailler, personne n'aurait regretté son absence. Il commençait déjà à se creuser la tête pour les vitrines de l'automne. Répondre aux créations de Bleicher par du feuillage teint en rouge était une idée minable. Mais il n'en avait pas de meilleure.

Il n'aurait eu aucune difficulté – pensait-il – à concevoir les vitrines estivales. L'inspiration lui en venait sans effort. Il restait éveillé la nuit et imaginait des vitrines bleu et blanc. Crème solaire Nivea. Ballons Nivea. Des jupes plissées, claires et aériennes. Des mannequins légèrement vêtus. Depuis longtemps l'étalage de peau nue ne choquait plus personne. Des parasols et des stores à rayures blanches et bleues. Des sandales bleues sur le sable.

L'été appartenait à Bleicher et il en fit sa chose. Ses vitrines devinrent l'événement dont on parla et que tout le monde voulut voir. Bleicher réalisa des vitrines exceptionnelles, inouïes, qui alimentèrent, sitôt dévoilées, les conversations de toute la ville et lui valurent des articles de la moitié du globe, et cela d'autant plus qu'elles ne se révélèrent pas d'emblée, mais par étapes. De grands journaux, des magazines et des périodiques, et même des revues d'art, leur consacrèrent des articles bien au-delà des frontières nationales. Elles firent du bruit jusqu'en Amérique. *Vogue* et *Paris Match* en publièrent des photos. On n'avait jamais montré un tel intérêt pour l'œuvre d'un décorateur de vitrines. Bleicher fut fêté comme un prodige. Il avait réconcilié l'art et la vie quotidienne en la faisant entrer dans ce dernier. On le qualifia de véritable « artiste pop ».

Les Quatre Saisons devinrent un sujet de discussion pendant des semaines, chacun avait son opinion sur elles, et n'hésitait pas à l'exprimer. On parlait d'une révolution des méthodes publicitaires, la foule qui se pressa devant les vitrines du grand magasin fut plus grande que jamais, il y eut plus de curieux qu'à Noël, plus de curieux qu'il y en avait d'habitude en une année entière, des centaines, des milliers de personnes défilèrent, écrasant le nez sur les vitres (comme l'écrivit le *Spiegel*, qui fut cité dans un journal local).

La singularité de l'été de Bleicher consistait dans le fait qu'il était, dans un premier temps, inexistant. Lorsque les vitrines furent dévoilées, elles étaient vides. Rien n'était exposé, ni tenue de bain, ni pantalon estival, ni mannequin, ni chaise longue, ni sable, ni ballon de caoutchouc, et rien n'était proposé à la vente. Le sol, le plafond et les murs de toutes les vitrines étaient de la même blancheur et baignés de la même clarté. Une succession de vitrines vides et blanches, comme on n'en avait jamais vu auparavant, attendait le spectateur, rien, sinon sept murs vides d'une blancheur éclatante. Sept vitrines d'une blancheur éclatante. Pas d'offre, pas de marchandise. Une blancheur virginale.

L'inscription en jaune soleil n'en ressortait que mieux sur le mur du fond de la vitrine médiane :

L'ÉTÉ COMMENCE LE 21 JUIN

Tout le monde en parlait. Personne ne savait ce que cela signifiait. Sinon ce que tout le monde savait : cette année aussi, le début de l'été était le 21 juin, comme les années précédentes et celles à venir. Mais aussi irritante que puisse paraître cette inscription, « elle vous réchauffait le cœur », constata par exemple le magazine *Der Spiegel*, décrivant par le menu les vitrines « absolument spectaculaires » des *Quatre Saisons*, censées « inaugurer une nouvelle ère de la décoration, qui ne tardera pas à faire des émules ». Le lecteur était invité à se souvenir du nom de Bleicher, d'ailleurs la publicité helvétique et le design suisse étaient depuis des décennies pionniers en la matière. La Confédération était décrite comme « une pépinière de carrières internationales » et Werner Bleicher comme « un de ses représentants les plus prometteurs. » Jamais, on n'avait parlé ainsi d'un simple décorateur de vitrines.

La réponse à la question que posait l'inscription – comme chacun s'y était attendu – arriva pile le 21 juin. Le hasard voulut qu'il fasse ce jour-là, dès huit heures du matin, une température très élevée pour la saison. Le thermomètre indiqua trente-deux degrés à midi et ne retomba pas sous vingt degrés au cours de la nuit. Aucun doute n'était permis, l'été avait bien commencé. Les gens prenaient le temps de flâner. L'été était au rendez-vous. Bleicher avança d'une grande case.

La veille, les vitrines vides avaient été cachées derrière des draps bleu nuit et d'étranges silhouettes étaient furtivement apparues dans le grand magasin.

Et de fait, ce qui attendait les spectateurs était vraiment du jamais vu, quelque chose qui n'était certes pas du goût de tout le monde mais qui, pour cela même, suscita l'intérêt le plus vif.

À première vue, les vitrines n'avaient rien d'inhabituel. Les premiers curieux, non renseignés, furent sans doute même déçus, car ce qu'ils virent était si commun que c'en était carrément décevant. Ils s'étaient attendus à quelque chose de sensationnel et ils ne voyaient que de vulgaires mannequins qui pullulaient en tenues de bain blanches, bikinis roses, maillots noirs et autres légères tenues balnéaires au milieu de parasols à rayures jaunes et blanches, de stores rouge et blanc, de serviettes de bain blanches comme neige, de ballons de plage de couleurs vives et de matelas pneumatiques vert menthe. C'est en tout cas ce qui se présentait au premier coup d'œil. Mais on se détrompa vite.

Il fallut à peine quelques secondes aux spectateurs pour se rendre compte que leurs sens les avaient trompés. Ils reconnurent subitement ce qu'ils voyaient vraiment, et ils en furent médusés. Les mannequins dans les vitrines n'étaient pas des poupées de cire mais des êtres humains, des êtres de chair et de sang. C'étaient, comme ils ne tardèrent pas à l'apprendre, des étudiants en art dramatique, qui avaient renoncé, moyennant un modeste salaire, à leurs vacances d'été afin de poser cette fois en public dans les vitrines des *Quatre Saisons*. Leur tâche consistait à ressembler à s'y méprendre à des mannequins imitant des gens réels.

Ce qu'on pouvait voir à travers les vitres, c'étaient des humains portant des vêtements et entourés d'objets qui étaient vendus dans le grand magasin. Tous étaient des « supports publicitaires vivants », comme l'écrivait encore le *Spiegel*. Des curieux de plus en plus nombreux affluèrent. La nouvelle se répandit en ville comme une traînée de poudre.

Quand on se concentrait suffisamment longtemps sur une poupée vivante, on s'apercevait qu'elle respirait, que ses paupières tressaillaient et que ses yeux bougeaient, aucune n'était absolument immobile. Peut-être les apprentis comédiens manquaient-ils de l'expérience nécessaire, en tout cas on surprenait par-ci par-là d'infimes mouvements, de microscopiques déplacements : un coude, un doigt, un orteil qui se levaient imperceptiblement, à la longue il ne pouvait échapper à personne que l'inertie était seulement feinte. On admira la capacité des figurants à rester immobiles si longtemps.

Ils étaient assis, couchés, accroupis ou debout dans un paysage qui rayonnait comme au plus fort de l'été. Leurs pieds nus et leurs nu-pieds, leurs espadrilles en lin et leurs sandalettes étaient enfoncés dans le sable, quelques-uns étaient assis sur des chaises pliantes à des tables de camping, d'autres couchés sur des transats ou des matelas pneumatiques, un jeune homme finissait de monter la petite tente sous laquelle son épouse, déjà allongée, feuilletait un magazine en couleurs, tandis qu'une autre vitrine montrait les visages gelés de quatre amis assis autour d'un feu de camp parfaitement imité, au-dessus des flammes artificielles duquel ils faisaient griller des saucisses au bout de longues broches. Dans une troisième vitrine, on voyait deux femmes sous un grand parasol, figées en pleine conversation autour d'un café et d'une tarte, vêtues de légères robes d'été et coiffées de chapeaux de paille, l'unique chose manquante étant leurs enfants. Il aurait été difficile d'inciter des enfants à rester debout ou assis sans remuer un cil.

Après un quart d'heure d'immobilité, obéissant sans doute à un ordre inaudible, tous les personnages changeaient de position. Dix secondes après, ils se figeaient à nouveau, un quart d'heure plus tard, ils se remettraient de nouveau en mouvement. Les étudiants et les étudiantes en art dramatique tenaient de la sorte pendant huit heures avec une admirable endurance. Rien que cela aurait constitué un exploit. À la fin de leur journée de huit heures, chacun avait changé de position quarante fois. Les acteurs et actrices s'étaient mis debout, s'étaient assis ou couchés, ils avaient porté des verres à leurs lèvres et glissé des pailles dans leur bouche, ils avaient fait quelques pas, avaient formé de nouveaux couples et ce, dans un silence total. La chorégraphie sophistiquée leur avait à la fin fait retrouver leur position initiale. À six heures du soir, tous les mannequins des vitrines se retrouvaient, tels les jacquemarts de l'horloge de l'hôtel de ville de Prague, dans leur posture de départ.

Bleicher devint célèbre. Ses nouvelles vitrines étaient un triomphe. Il aurait pu en aller tout autrement. Pour l'instant, le grand public paraissait ne se passionner pour rien d'autre.

Lorsque Bleicher – à l'encontre de ses habitudes – arriva à midi à la cantine, les employés le saluèrent par des vivats, lui tapèrent sur l'épaule, voulurent lui serrer la main ou du moins échanger quelques paroles avec lui. Stettler observa tout cela de loin. Il aurait préféré qu'on le lui raconte après coup. Mais il ne pouvait pas escamoter Bleicher d'un coup de baguette magique.

Les louanges se portèrent ensuite sur Schuster pour avoir fait confiance à un homme aussi jeune et inexpérimenté que Bleicher. Son courage d'investir dans l'avenir avait été amplement récompensé. Les compliments n'en finissaient pas. Tout le monde avait conscience que la ville entière allait se déplacer les prochaines semaines pour voir les mannequins vivants, ainsi qu'on les appelait. Mlle Hodel elle aussi avait félicité Bleicher. Cela n'avait pas échappé à Stettler.

Celui-ci se tenait debout à l'écart. Il portait sa blouse de travail grise. Levant les yeux, Bleicher regarda par hasard dans la direction de Stettler. Leurs regards se rencontrèrent pendant quelques secondes. Stettler se détourna, admettant involontairement sa défaite. Mais il ne lui serrerait pas la main. Il ne croyait pas à un hasard. Bleicher avait regardé intentionnellement dans sa direction, pour lui faire comprendre qu'il avait triomphé, et avec lui, la nouvelle époque – l'âge perdait, il avait perdu, la jeunesse gagnait, Bleicher avait gagné.

À personne ne semblaient manquer le calme contemplatif des vitrines d'antan et cette pérennité que Stettler avait garantie pendant des décennies avec la précision d'un rouage d'horloge. Le sérieux et la tradition étaient de toute évidence tombés en désuétude. On avait décidé de tout bouleverser, jusqu'à ce qu'un jour il ne reste plus rien de ce que Stettler avait connu depuis son enfance. Il fut tenté d'aller voir Schuster le jour même afin de lui remettre sa démission. Au lieu d'essayer de le convaincre qu'il était irremplaçable, Schuster aurait certainement accepté de le voir partir.

Manifestement, les vitrines de Bleicher reflétaient mieux l'inquiétude contemporaine que les décors tranquilles et bonhommes de Stettler. Ces derniers invitaient les spectateurs à explorer et à apprécier en toute quiétude le paysage de marchandises étalé devant eux, tandis que les étudiants en art dramatique maquillés en mannequins inanimés renvoyaient à l'agitation qui régnait au-dehors.

De fait, on s'habitua si vite aux images animées de Bleicher que beaucoup souhaitaient qu'à l'avenir toutes les vitrines soient décorées ainsi, sans cependant préciser leur pensée. D'autres se demandaient si on ne devrait pas montrer, au lieu de produits, des films présentant les marchandises dans un environnement naturel, comme cela se faisait depuis longtemps dans les publicités du cinéma ou de la télévision. Mais peu à peu, le grand public comprit que ce qui faisait la particularité de ces vitrines estivales n'était pas leur pouvoir de persuasion, mais leur singularité. On ne reverrait plus rien de la sorte dans cette ville, se disait-on à regret. Le « happening » pourrait se répéter, mais l'idée ne serait plus jamais neuve, toute répétition ne serait qu'une fade resucée. La rumeur courait cependant qu'à l'étranger, des établissements réputés seraient disposés à suivre l'exemple des *Quatre Saisons* et c'était vrai.

Mais il y eut aussi quelques incidents fâcheux que la direction s'efforça autant que possible de cacher ; ils alimentèrent toutefois les ragots. Un jeune homme, qui n'avait de toute évidence pas fermé l'œil de la nuit, s'était un jour évanoui sous le feu du projecteur – brisant une chaise pliante dans sa chute et se blessant au front lorsque sa tête heurta la chaise. L'émotion fut extrême car il lui fallut presque une minute pour reprendre conscience. Du sang avait coulé sur le sable, il fallut recouvrir l'endroit, le jeune homme fut renvoyé. Une autre fois, il fallut séparer deux filles qui se crêpaient le chignon parce que l'une prétendait que l'autre l'avait volée. Les deux filles se réconcilièrent quand le porte-monnaie manquant réapparut. Mais là aussi, Bleicher resta intraitable, elles durent céder leur place. Ici, on ne pouvait pas baisser le rideau comme sur la scène où toutes ces jeunes personnes espéraient faire carrière, car il n'y avait pas de rideau. Mais comme au théâtre, il y avait en revanche une ribambelle de concurrents des deux sexes qui n'attendaient qu'une occasion pour prendre la place de celles et de ceux qui avaient échoué. Il était hors de question de tolérer ce genre d'incidents, même si certains spectateurs, peu au fait des cuisines internes, pouvaient croire qu'ils faisaient partie du spectacle sans parole qui leur était présenté.

Aucune voix ne s'éleva pour dénoncer le mépris de la direction pour la dignité humaine. Personne ne s'offusqua de voir des mannequins en chair et en os traités comme des animaux en cage. Bien que la plupart des modèles – masculins et féminins – fussent à peine vêtus, voire à moitié nus, personne ne dénonça ce que l'on pouvait pourtant à bon droit qualifier de voyeurisme. Stettler attendait une parole de l'Église, une prise de position des élus ou des mesures de la part des autorités, mais personne n'intervint, comme s'ils ne voyaient pas l'influence pernicieuse qu'avait l'étalage du corps humain sur les enfants et les natures sensibles.

Il attendit donc en vain que s'élèvent des protestations, personne ne semblait dérangé par les vitrines de Bleicher. Il n'y eut aucune objection morale et pas un seul courrier courroucé de lecteur, en tout cas les journaux n'en publièrent pas. Les plaintes adressées aux *Quatre Saisons* furent étouffées sans faire de vagues. En revanche, toute remarque approbatrice était amplifiée, si bien que le chiffre d'affaires augmenta de près de dix pour cent. Il se murmura même que la gratification de Noël de cette année allait se monter non pas à l'équivalent d'un salaire mensuel, mais d'un salaire mensuel et demi. Il fallait cependant attendre encore plusieurs mois.

Lotte Zerbst reçut l'offre pendant qu'elle enregistrait le *Quintette pour piano et quatuor à cordes n° 2* de Gabriel Fauré avec le tout jeune Quatuor Melos. Le directeur des programmes, responsable de son émission, avait insisté pour qu'elle ne choisisse pas un ensemble bien établi, mais plutôt des musiciens pleins d'avenir au talent fulgurant qu'il avait entendus à deux reprises interpréter des quatuors de Beethoven et de Haydn. Et il suffit en effet de quelques mesures pour que la collaboration avec ces instrumentistes doués s'avère particulièrement heureuse pour Lotte. Elle s'était rarement sentie aussi professionnellement épanouie que pendant ces chaudes journées de juillet. Jamais elle n'avait apprécié davantage les salles sans fenêtres du studio qu'au cours de ces deux journées. Ils venaient de répéter intégralement pour la deuxième fois le troisième mouvement, afin de l'enregistrer dans la foulée, lorsque Lotte fut appelée au téléphone. Elle fut surprise car elle n'attendait aucun coup de fil.

Comme il supposait qu'il s'agissait d'une conversation privée, l'ingénieur du son, qu'elle connaissait depuis des années, quitta discrètement la pièce ; elle approcha l'écouteur noir de son oreille. Elle entendit une voix masculine grave qui parlait avec un fort accent.

On n'avait pas oublié sa coopération compréhensive en début d'année, lorsque le concert russe avait dû être brusquement déprogrammé et qu'il avait fallu remplacer Chostakovitch par Dvořák sous la pression de l'opinion publique. Elle avait eu alors la générosité de renoncer à ses honoraires ; à présent, ils voulaient lui témoigner leur gratitude.

« L'agent de Magaloff nous a téléphoné il y a une heure. Le maître a fait une chute malencontreuse dans son appartement, ses jours ne sont pas en danger mais il a été transporté dans un hôpital de Genève où il doit subir des examens. Il est hors de question qu'il se produise comme prévu. Auriez-vous le temps et l'envie de le remplacer au pied levé ? Nous serions heureux de pouvoir vous remercier pour le concert annulé, mais surtout nous serions heureux de vous entendre jouer chez nous. Kletzki vous attend avec impatience, il vous donne le bonjour.

– Que dois-je jouer ?

– Nous savons que votre répertoire comprend le *Concerto en fa mineur* de Chopin. Si c'est le cas, seriez-vous libre ?

– Quand ?

– Après-demain soir à huit heures.

– Entendu, j'y serai. Vous pouvez compter sur moi. »

Lotte n'avait pas eu à réfléchir pour accepter, même s'il y avait des années qu'elle n'avait pas joué ce concerto en public, la dernière fois, c'était avec Rosbaud, en présence du président fédéral. Ce morceau était une robe qu'elle n'avait jamais remisée au vestiaire, une robe qui n'avait jamais été trop grande et n'était jamais devenue trop étroite pour elle. Elle épousait son corps comme une peau invisible. Deux jours de travail intense, c'était peu, mais ils suffiraient à rafraîchir parfaitement la robe.

Cela faisait plusieurs mois qu'elle n'avait pas eu de nouvelles de Stettler et elle avait rarement pensé à lui. Il était trop tard pour lui écrire, sa lettre ne lui parviendrait pas avant trois jours, quand elle aurait déjà quitté la ville où il vivait et où elle allait jouer pour la première fois. Au cas où il serait informé de son concert inattendu par les journaux, il l'attendrait peut-être à la fin devant l'entrée des artistes. Elle sentit un petit pincement au cœur ; elle résolut de lui écrire quelques lignes à son retour. Elle ressentit aussi du soulagement. Elle savait depuis longtemps que le piano suffisait à remplir sa vie. À mesure qu'elle vieillissait, elle le savait chaque jour davantage. Ce qui en elle restait inassouvi n'était plus qu'un vain espoir.

De retour à son appartement, elle sortit la partition – elle s'étonna de la voir moins fanée que dans son souvenir – et se mit au travail. Elle la relut d'abord mesure après mesure, page après page, mouvement après mouvement. Ce ne fut qu'ensuite qu'elle s'assit au piano. Elle répéta pendant trois heures, puis elle alla réchauffer une soupe de légumes aux vermicelles, sortie toute prête d'une conserve industrielle. Elle se contentait de peu en matière de nourriture, elle n'était jamais affamée et vite rassasiée. C'était pour ça qu'elle était restée mince. Il lui arrivait de se comparer à une étole en peau de renard défraîchie, accrochée puis oubliée sur une patère.

Puis elle chercha les lettres de Stettler. Si elle en avait le temps, elle lui enverrait une enveloppe avec un billet pour le concert. Ainsi, il serait libre de venir, ou pas. Mais elle n'avait noté son adresse nulle part et elle ne retrouva ses lettres ni dans son secrétaire, ni sur le piano, ni dans sa bibliothèque, elles avaient disparu. Elle renonça finalement à ses recherches. Cette fois encore, leur rencontre semblait compromise.

Puis elle se rassit à son piano à queue et joua le concerto d'un bout à l'autre, de mémoire et sans erreur.

Dans une interview accordée à un journal qui avait été fixé au tableau noir parce que l'on accordait une importance particulière aux déclarations retentissantes de Bleicher, le « nouveau venu plein d'astuce » exposait sa vision de l'avenir des vitrines et de la publicité des grands magasins en général. Une photo en pleine page le montrait devant les « célèbres » vitrines, comme il était écrit. Ses lunettes de soleil empêchaient qu'on le reconnaisse au premier regard. Les trois boutons du haut de sa chemise étaient défaits et son pantalon aussi moulant que celui de Gunter Sachs. Ses chaussures étaient hors champ.

Bleicher déclarait que, de nos jours, *Les Quatre Saisons* ne pouvaient plus être le grand magasin d'il y a cinquante ans, qu'il fallait lui offrir de nouvelles perspectives, une nouvelle place dans la société, en son cœur et non à la marge : « Un grand magasin est un établissement qui présente à la fois des marchandises et de l'art, je préférerais parler d'un grand magasin d'art ou encore de l'art du grand magasin. » On ne le répéterait jamais assez, insistait-il, dans vingt ans les gens regarderont, incrédules et en secouant la tête, les vitrines qui avaient fait l'admiration et l'ébahissement de leurs parents, et même ses propres créations susciteront, au mieux, un sourire indulgent mais ne choqueront personne. Et puis, il savait bien qu'il n'était qu'un décorateur parmi d'autres, ajouta-t-il avec une fausse modestie.

« Les pionniers et les défricheurs de nouvelles voies tombent eux aussi dans l'oubli, c'est ainsi que va le monde *(rires)* », disait l'article. Stettler apprit donc que Bleicher savait rire, il ne l'avait jamais vu rire.

« La marchandise est ce par quoi nous communiquons, la marchandise, c'est l'échange et le troc, le pouvoir d'achat, l'énergie et la conscience. La vieille idée d'une présentation impeccable mais ennuyeuse de marchandises, d'un étalage d'articles, doit être dépassée. Elle est périmée. Nous ne vivons plus dans l'avant-guerre, la roue du temps tourne de plus en plus vite, nous devons reconnaître que nous sommes la roue *et* le temps. Nous devons agir. Commercer, c'est agir*. »

Les signes du renouveau n'avaient pas seulement été perçus à New York, Paris et Londres, aux *Quatre Saisons* aussi on savait que l'heure était venue, des changements et des éliminations. Les publicités n'étaient plus de jolis slogans en vers rimés du genre : *Qu'il pleuve, qu'il neige ou qu'il vente, la jaquette Truc reste élégante*, mais un ensemble, un challenge, une globalité faisant appel à tous les sens à la fois et ne devaient donc plus être laissées aux mains d'un décorateur de vitrines à l'ancienne, mais confiées à des artistes, des designers, des graphistes, des créatifs, des stratèges publicitaires qui ne craignaient pas de faire appel à la culture populaire.

« Il s'agit tout simplement d'un brassage. Il s'agit de l'art de la publicité. Ce n'est pas le profit qui compte,

---

* Le verbe *handeln* signifie à la fois « agir » et « commercer ».

mais la présentation. Vous pouvez faire de la publicité pour une cigarette sans allumettes, sans feu et sans fumée, vous pouvez même vous passer de la cigarette, mais ce dont vous ne pouvez pas vous passer, c'est de faire de la publicité, car vivre, c'est promouvoir et promouvoir, c'est vivre. »

Stettler se demanda plus tard s'il n'avait pas rêvé, avait-il réellement lu cela ? Ça lui restait incompréhensible, depuis combien de jours n'avait-il plus adressé la parole à quelqu'un ?

« Vous allez bien ? » Une voix, une chaussure glissant sur le linoléum, une respiration.

Mlle Hodel l'avait arraché à ses pensées.

« Vous n'êtes pas malade au moins ? Vous avez l'air souffrant. »

Stettler secoua la tête.

Il était assis à son bureau, appuyé sur son coude gauche, le bras droit posé à plat. Il n'avait encore rien trouvé pour l'automne.

« Souffrant ? Non. Je vais bien. »

Il essaya de sourire. Ça ressemblait plutôt à une grimace. Il regardait droit devant lui, elle ne pouvait pas voir l'expression de son visage.

« Avez-vous lu la note ?

– Quelle note ? Ils en pondent en permanence.

– Le port de la blouse de travail n'est désormais plus obligatoire.

– Ah bon. »

Il fit une pause à laquelle il parut manifestement s'arracher difficilement, puis il reprit : « Moi, j'ai l'habitude d'en porter une et je continuerai à le faire. Je porte toujours une blouse de travail. Et j'en porterai toujours une.

– Dans le cas présent, je crois que *n'est plus obligatoire* signifie *n'est plus souhaité*. Il paraît que cela envoie un mauvais message à la clientèle quand elle nous voit traîner dans ces blouses grises.

– Qui dit ça ? Ça vient de Bleicher !

– Ça vient de la direction.

– Donc de Bleicher.

– Possible, mais c'est Schuster qui a signé la note. Il vaudrait mieux s'y plier.

– C'est Bleicher qui en a eu l'idée.

– Je ne sais pas, personne ne le sait. Mais quelle importance. »

Stettler se leva abruptement et resta debout, immobile, pendant une minute, deux minutes. Mlle Hodel ne savait plus que faire.

Soudain, il ôta résolument sa blouse. Il le fit rapidement et en même temps précautionneusement, comme pour épargner ce vêtement élimé ; il possédait deux blouses de la même taille et de la même couleur qu'il lavait et repassait lui-même depuis que sa mère ne s'occupait plus de son linge. Chaque blouse avait six boutons de la même couleur que le tissu. Avec une poche de chaque côté au niveau des hanches. Il sortit d'abord le bras droit, puis le bras gauche des manches, puis il tint la blouse à bout de bras, la secoua trois fois, la plia dans le sens de la longueur, et la posa sur la table à côté des esquisses.

Mais Mlle Hodel ne s'en aperçut pas car elles ne représentaient rien de concret.

« Et maintenant ? demanda Stettler. On s'en débarrasse ? Qui pourrait en avoir besoin ? Les nègres en Afrique, peut-être ? »

Elle haussa les épaules. Trop de questions, pas de réponses.

« Les temps changent. Si nous avions des enfants, nous verrions les choses autrement. »

Il leva les yeux et la regarda fixement.

« Que voulez-vous dire ? »

Elle ne soutint pas son regard longtemps.

« Vous racontez des bêtises, vous ne savez pas ce que vous dites. »

Il éclata subitement d'un rire désagréable qui la déconcerta.

Puis il lui tourna le dos et se rassit en face de sa blouse. Il tendit la main et l'écarta lentement. Au bout d'un moment, Mlle Hodel s'éloigna sans un mot. Il l'avait peut-être blessée à dessein en refusant son aide, il ne se rendait peut-être pas compte de l'effet qu'il faisait sur les autres.

Elle ne voulait plus avoir affaire à lui.

Elle sollicita le jour même une entrevue avec Schuster, qui la reçut immédiatement car il avait le temps. Elle lui dit qu'elle ne voulait plus collaborer avec Stettler.

Sans lui en demander la raison, il accepta et dit simplement : « Je comprends parfaitement. »

Coda

Le concert avait été un succès. Elle avait non seulement joué sans faute, mais avait réussi à imposer sa propre interprétation. Elle avait glissé de note en note, de mesure en mesure, le battement d'ailes du compositeur métamorphosé en oiseau l'avait accompagnée de bout en bout. Elle avait avancé par petites touches puis aussitôt effacé ses traces, foncé sans se retourner. Elle s'était appuyée sur son expérience tout en s'abandonnant à ce hasard qu'elle savait incontrôlable.

Elle reçut une bruyante ovation qu'elle accueillit avec un sourire étrangement absent. Les journaux du lendemain insistèrent sur cette ovation qui n'allait manifestement pas de soi avec ce public. Dans les coulisses, le chef d'orchestre avait pressé Lotte de jouer un second bis après le premier, elle interpréta donc une brève mazurka et le *Nocturne opus 9 n° 2*, un obsédant morceau peu connu de Chopin, avec qui elle avait toujours eu une affinité teintée de mélancolie et de compassion. Aucun compositeur n'avait su exploiter à ce point les possibilités du piano comme lui, qui, invisible derrière elle, l'écoutait et lui parlait à travers les sons qu'il lui offrait et qu'elle transmettait au public.

Elle ne se détendit qu'une fois assise sur une chaise dure dans sa loge, une petite pièce sans fenêtre éclairée d'une seule lampe. La tension coula d'elle, de la racine de ses cheveux jusqu'à la pointe de ses pieds.

Pendant son concert, elle avait ressenti le même bonheur qu'à présent. Une promesse s'était accomplie à laquelle elle ne s'était pas attendue, n'avait pas pensé une seconde, n'avait peut-être pas même pris part consciemment. Elle était très satisfaite et un peu épuisée et elle savait qu'elle n'aurait pas pu mieux jouer – et que c'était parce qu'elle n'avait pas joué dans une salle isolée et sombre, devant un microphone, pour un homme derrière une vitre parfaitement indifférent ; l'expérience de ce soir la rajeunissait, comme si elle était à l'orée d'une carrière époustouflante.

Elle n'attendit pas la deuxième partie du concert. On donna la *Quatrième symphonie* de Schumann en son absence. Elle quitta avant même la fin de l'entracte le théâtre dont les murs blancs lui avaient plus rappelé une église qu'une salle de concert. Comme la discrète porte qui donnait accès à la scène était loin de l'entrée principale, elle ne rencontra personne qui aurait pu la reconnaître. Pouvoir filer l'anglaise sans attendre la fin, c'était le privilège du soliste, qui se fondait en douce dans la vie quotidienne et redevenait un parmi des milliers dès que son travail était accompli. Elle avait rarement le plaisir de jouer en public, elle savourait d'autant plus son succès. Elle avait refusé de se faire conduire à son hôtel par un chauffeur, le grand hôtel Bellevue était à deux pas. Mais elle prit une autre direction. Peu après, elle fut devant la cathédrale, elle marcha sur le gravier jusqu'au bord de la plateforme, contempla la rivière noire qui semblait paresser en contrebas, puis se tourna vers la flèche illuminée.

Pour revenir à son hôtel, elle fit un détour par la vieille ville faiblement éclairée. L'air sous les arcades était frais et vivifiant. Les magasins avaient fermé depuis longtemps, les lumières de la plupart des vitrines étaient éteintes, les pas de Lotte résonnaient sur le vieux pavé.

Elle remarqua l'alignement de vitrines d'un grand magasin qui étaient vides en dehors de quelques objets épars – une tente, une table pliante, un ballon, etc. Il s'appelait *Les Quatre Saisons*, l'intérieur était plongé dans l'obscurité, exception faite d'une lampe de poche qui jeta un bref éclair avant de s'éteindre, sans doute celle d'un gardien de nuit qui faisait sa ronde. Lotte poursuivit son chemin et s'arrêta devant un magasin d'antiquités. Toutes les étiquettes avaient été retournées et des chiffres incompréhensibles étaient griffonnés au revers en guise de prix. Au milieu d'un tas de babioles, elle découvrit une jolie montre rectangulaire. Elle décida de revenir le lendemain et de demander son prix. Son train ne partait qu'à treize heures. Elle frissonna soudain sous les arcades et décida de rentrer à l'hôtel.

Au Bellevue, elle ne s'installa pas dans un fauteuil mais au bar, dans l'intention de commander un thé, comme elle le faisait fréquemment chez elle. Comme il n'y avait pas d'autres clients, elle entama la discussion avec le barman, qui crut qu'elle était l'épouse d'un industriel qui avait encore des affaires à régler en ville.

« Des maris négligent leur femme pour travailler à une heure pareille ? Mais dans quel genre de ville sommes-nous ? demanda-t-elle.

– Une ville suisse tout à fait banale », répondit-il.

Non, continua-t-elle, elle était musicienne et elle n'attendait personne, surtout pas un mari et, sans préciser sa situation conjugale, elle expliqua qu'elle était seule à l'hôtel. Elle voulait boire quelque chose et se détendre.

Ce qui l'intéressait c'était de savoir de quel instrument elle jouait. Il ne fit pas mine de la plaindre de sa solitude.

« Devinez », dit-elle avec une franche coquetterie en contemplant l'homme plus attentivement : des cheveux poivre et sel, le teint clair, un nez aquilin, des lèvres fines, un bouton de chemise qui pendait au bout de son fil.

« Là d'où *je* viens, on chante. Jamais personne dans notre famille n'a joué d'un instrument. Je sais naturellement ce qu'est un piano, c'est un meuble lourd qu'on ne peut pas transporter comme un violon. Mais il émet des sons quand on frappe dessus. » Il rit et indiqua le piano à queue fermé destiné au pianiste de bar. Il ne restait pas grand-chose de son vernis noir autrefois luisant.

« Vous êtes pianiste, si ça se trouve ? »

Elle hocha la tête et commanda un whisky.

« Sec ?

– Que voulez-vous dire ?

– Je veux dire sec, dit le barman.

– D'accord. Vous en buvez un avec moi ?

– À cette heure-ci, tout est possible, dit-il après une brève hésitation. Personne ne me surveille. »

Il lui servit son meilleur whisky. Après avoir posé le verre devant elle, il en remplit un deuxième, pour lui-même, le leva et dit : *« Evviva ! »*

Elle but une gorgée. L'alcool lui monta à la tête comme un nuage chaud. Elle se dit que c'était agréable et se sentit toute molle.

Elle se vit allongée, le dos de la main posé sur son front frais, elle était jeune et séduisante, elle était décontractée.

« Le piano, le piano, le piano, matin, midi et soir. Pour moi, rien n'est plus beau, que vous me croyiez ou non. J'y pense en rêve, j'en joue en rêve.

– Vous le trouvez comment, le whisky ?

– Très agréable, dit-elle. Relaxant. »

Après son deuxième verre, elle lui demanda s'il s'appelait Stettler, par hasard.

Il rit : « Non, je m'appelle Smogliani et je viens d'Istrie. Des Stettler, il y en a beaucoup par ici. »

Elle n'avait pas remarqué son accent, il lui semblait parler comme tous les Suisses.

Il voulut savoir ce qui l'avait amenée ici, et elle éluda la question en lui racontant qu'elle comptait s'acheter une montre le lendemain et mentionna l'antiquaire sous les arcades, sur quoi il lui demanda si elle avait entendu parler des « vitrines vivantes », devant lesquelles elle avait certainement dû passer. Elle répondit par la négative et il lui expliqua de quoi il s'agissait en ajoutant que toute la ville en parlait.

Plus tard, des clients qui avaient assisté à son concert arrivèrent, mais soit ils ne la reconnurent pas, soit ils eurent le tact de ne pas le montrer. Elle finit par prendre congé du barman avec un hochement de tête. Lorsqu'il lui avait demandé si elle ne voulait pas s'asseoir au piano pour jouer quelque chose, elle avait souri comme si elle n'avait pas entendu sa question.

« C'est le meilleur whisky que j'aie jamais bu, c'est d'ailleurs le seul », dit-elle, et c'était la stricte vérité. Elle marcha aussi droit que possible, en titubant un peu mais sans que ça se voie vraiment, le tapis étendu sur le parquet luisant l'aidait à garder l'équilibre. Elle aperçut son reflet dans un des miroirs dorés qui ornaient les parois du long couloir qui conduisait au hall. La lumière jouait sur les lambris et sur ses cheveux.

Depuis qu'elle avait demandé son nom au barman, elle n'avait pas cessé de penser à Stettler. Il habitait dans cette ville. Elle lui devait quelque chose. En dépit de l'heure tardive, elle pria le concierge, qui lui remit la clef portant le numéro de sa chambre, de chercher le nom de Stettler dans l'annuaire téléphonique. Il n'y avait pas de message dans son casier comme elle l'avait espéré. L'homme ouvrit l'annuaire. Le feuilleta plusieurs fois.

« Stettler, Stettler, Stettler, il y en a plus d'un. Dites-moi son prénom ? »

Elle ne s'en souvenait pas.

Werner, Walter, peut-être ?

« Werner ou Walter, je ne suis hélas pas très sûre…

– Nous avons là des Stettler sur cinq, non, sur six colonnes, d'Adolf à Ursula – et vous ne savez réellement pas ? »

Elle secoua la tête.

« Son métier ? »

Elle secoua la tête.

« Peut-être Werner, peut-être Walter. »

Il tourna de nouveau les pages.

« Werner ? Walter ? Il y a au moins trente Werner et Walter, sans compter ceux qui vivent en banlieue. Nous pourrions tous les appeler l'un après l'autre. Mais pas à cette heure-ci, je pense.

– Grand Dieu, non, c'est hors de question ! »

Probablement jamais. Ni aujourd'hui, ni demain. Elle remercia le concierge de sa serviabilité. Elle n'avait plus qu'une envie, aller se coucher. Le liftier – un vrai gamin encore imberbe, bien que sa voix eût déjà mué – referma la grille métallique d'un geste tout aussi enfantin, puis l'ascenseur étincelant s'éleva silencieusement.

Elle se mit à la fenêtre pour regarder dehors, dans la nuit ; elle ne connaissait rien de ce qu'elle arrivait à distinguer, elle savait que la rivière coulait en contrebas, mais elle ne pouvait ni la voir, ni l'entendre. Ses flots n'étaient pas navigables, d'après ce qu'elle savait.

Elle dormit d'un sommeil profond et ne rêva pas. Lorsqu'elle se réveilla aux aurores, reposée, elle perçut au loin un léger martèlement, suivi d'un gazouillis d'oiseaux, elle se leva et écarta les lourds rideaux vert pastel, découvrant le grandiose panorama des Alpes aux cimes enneigées. Elle en eut littéralement le souffle coupé.

Si quelqu'un lui avait dit qu'il serait un jour conduit au poste de police, il se serait moqué de ce prophète malveillant. Ce fut pourtant ce qui arriva, pire que dans un cauchemar. Car cet effroi-là, il ne pouvait l'interrompre en se forçant à se réveiller ; personne n'était là pour l'aider, le défendre, personne ne s'opposa au traitement qu'on lui infligeait, celui d'un criminel, d'un brigand ou d'un meurtrier.

Lui, un citoyen irréprochable qui n'avait jamais, au grand jamais, commis la moindre infraction, on l'avait embarqué dans un fourgon de police sous les yeux de la foule puis conduit au poste ; contrairement aux quatre jeunes qui avaient été arrêtés eux aussi, on lui avait certes épargné d'être enfermé dans une cellule, mais il avait dû attendre deux heures qu'on s'occupe de son « cas », comme ils disaient.

Avant de le pousser violemment, sans égard pour son âge, dans le fourgon de police, on lui avait tordu les mains dans le dos comme pour lui briser les bras. À l'intérieur du car, il faisait noir et ça sentait la sueur. Il fut obligé de prendre place entre une fille à cheveux longs et un garçon débraillé, sur un des bancs en métal fixés à la paroi. Les deux jeunes n'étaient apparemment pas en couple, en tout cas ils ne se parlaient pas. En face d'eux étaient assis deux autres manifestants ainsi qu'un policier porteur d'un pistolet dans sa gaine. Aucun doute n'était permis, il n'hésiterait pas à s'en servir. Personne ne pipa mot.

Il était heureusement impossible de regarder dans le véhicule par les fentes qui servaient de fenêtre, elles étaient trop étroites ; la fenêtre grillagée du hayon était quant à elle si sale qu'on ne distinguait que les ombres du monde extérieur. Stettler n'avait d'ailleurs aucune envie de regarder dehors. Il préférait ne pas être vu et ne pas voir ce que voyaient les autres. La honte qu'il éprouvait était sans précédent. L'idée que quelqu'un qui le connaissait ait pu le voir être fourré dans ce panier à salade lui était insupportable, si insupportable qu'il faillit vomir. La bile lui remonta dans le larynx. Un vrai miracle qu'on ne lui ait pas passé les menottes devant tout le monde pour couronner le tout. L'appareil photo qu'on lui avait arraché des mains avait été « confisqué » par le policier assis à l'avant, à côté du conducteur. Il était innocent, mais qui cela intéressait ?

Il souhaita que le trajet dure des heures, même s'il dut voir le jeune homme assis en face de lui vider peu à peu sa vessie. Dix minutes plus tard, ils atteignirent leur destination.

L'urine tiède – Stettler en sentait l'odeur – avait détrempé la chaussette rayée du jouvenceau ; une flaque jaunâtre s'élargissait à côté de sa chaussure droite. Tout le monde s'en rendait compte mais personne ne réagissait, seul le policier s'écarta de lui. Soudain, la jambe du jeune se mit à tressaillir violemment. Elle tressautait de haut en bas bien qu'il appuyât désespérément son coude sur son genou. La jambe s'agitait et la chaussure trempée faisait des bruits de succion. Stettler fut submergé de dégoût et de pitié. Des larmes lui montèrent aux yeux mais il parvint à les réprimer. Il ne voulait pas pleurer et il ne pleurerait pas. L'inconnu aurait pu être son fils et même son petit-fils. Quel rapport avait-il avec tout ça ? Il était entouré d'étrangers. Mais pour le policier qui les surveillait, ils faisaient tous partie de la même bande, les jeunes gens et lui étaient dans la même galère.

Les jeunes, qui, loin d'opposer la moindre résistance, obéissaient avec soumission aux ordres des policiers, furent enfermés dans une cellule à leur arrivée, tandis que Stettler fut autorisé à attendre dans le couloir. Il aurait pu tout simplement se lever et partir, personne ne le surveillait, personne ne vint s'asseoir à côté de lui et personne ne connaissait son nom ; de temps en temps, l'homme assis derrière le guichet levait les yeux de son travail et de la tartine de beurre qu'il grignotait, et leurs regards se croisaient, puis l'autre détournait les yeux. Ils estimaient manifestement que Stettler était inoffensif et prévisible et jugeaient improbable qu'il essaie de s'enfuir. Il aurait pu se lever et partir mais il voulait récupérer son appareil photo.

Puis un policier qu'il n'avait pas vu jusque-là vint le prier de le suivre. Dans son bureau, des pommes sur une assiette répandaient une odeur fade. Le fonctionnaire, dont le grade lui resta inconnu jusqu'au bout (il portait un uniforme mais Stettler fut incapable de l'identifier), commença « *in medias res* », ainsi qu'il le répéta plusieurs fois, comme pour se distinguer de ses collègues de la rue, plus habiles à manier la matraque que les mots.

Il pria Stettler de prendre place tout en regardant par la fenêtre, les poings serrés dans son dos. Peut-être réfléchissait-il.

Il se retourna brusquement. Il jeta l'appareil photo sur la table devant Stettler et dit :

« Allons-y donc *in medias res*. Dites-moi ce que vous vouliez faire avec ça. »

Stettler s'efforça de rester poli mais sa voix tremblait.

Derrière lui, on ouvrit la porte à la volée. « Où sont les autres ? Les parents sont là. Quatre adultes, tous plus fous les uns que les autres, un avocat, un médecin, c'est classique, non ? Il ne manque plus qu'un pasteur ! »

Le fonctionnaire dit un numéro, peut-être celui de la cellule ou de l'étage, la porte se referma en claquant et il y eut un long moment d'accalmie. Puis, rompant le silence, le fonctionnaire dit :

« Enregistrons maintenant votre identité. »

Il inséra une feuille de papier dans le rouleau de sa grande machine à écrire posée sur une cale en feutre, s'éclaircit plusieurs fois la gorge puis se mit à taper : nom, prénom, adresse, profession.

« Employé ? Où ça ?

– Aux *Quatre Saisons*. »

Le fonctionnaire leva les yeux. Il parut étonné.

« En qualité de quoi ?

– Je suis décorateur de vitrines. »

Il essaya de parler distinctement et posément comme le fonctionnaire lui-même.

« Ah bon ? », dit le fonctionnaire, puis il poursuivit : « Venons-en donc au fait. Venons-en à votre appareil photo. Dans quelle intention au juste avez-vous photographié nos hommes ? J'admets volontiers que cela m'intéresse. Pourquoi cet appareil, monsieur Stettler ? Pourquoi ces photos ? Pour quelle raison avez-vous photographié mes collègues ?

– Je n'ai pas eu l'intention de photographier vos collègues, j'ai simplement pris des photos. J'ai saisi sur le vif des instants au hasard. »

Le fonctionnaire s'esclaffa. Il se tordit littéralement de rire jusqu'à ce que son rire se muât en toux, comme un acteur interprétant un commissaire, à croire qu'ils jouaient une scène dont seul Stettler ignorait le texte.

« Au hasard ? » Il tapota la table du revers de ses doigts. « On ne fait pas des photos juste pour le plaisir dans une situation délicate comme celle-là, vous le savez pertinemment. Vous êtes un professionnel. Et ceci – il indiqua l'appareil – est un appareil de professionnel. Ce n'est pas un machin quelconque mais un Hasselblad très coûteux, n'est-ce pas. Vous êtes décorateur de vitrines ? Vous connaissez parfaitement le pouvoir des images. Cherchiez-vous à nous provoquer ?

– Non », dit Stettler, sans rien récolter d'autre de son tortionnaire qu'un rire grasseyant qui se mua de nouveau en toux. L'homme sortit une pastille de la poche de sa veste, la glissa dans sa bouche et recracha les brins de tabac qui s'étaient collés dessus. Il cessa de tousser.

« Aucun autochtone ne se promène en ville avec un appareil photo dans un moment pareil, sauf s'il a l'intention de photographier quelque chose de précis, pour – pour – pour faire quoi ? Pour quoi faire ? Peut-être pour monter l'opinion publique contre la police ? »

Il mit l'accent sur chaque mot, comme s'il expulsait de l'encre d'imprimerie.

« Théoriquement, cela ne me regarde pas, mais pour être franc, je ne serais pas étonné d'apprendre que vous votez pour les communistes. Pas vrai ? J'ai tapé dans le mille ? Vous avez un faible pour le parti des travailleurs, n'est-ce pas ? Je vous tiens ! Que vouliez-vous faire avec ces photos ? »

Puis il passa à l'attaque :

« Je suppose que vous alliez courir les proposer à un journal. Vous espériez pouvoir immortaliser une bavure de mes hommes, une atteinte aux droits de l'homme en vertu du paragraphe tant, n'ai-je pas raison ? Bien sûr que j'ai raison. Je les connais, les gens de votre espèce. Avez-vous des enfants ? Des petits-enfants ? Vous travaillez pour eux, pour vos petits-enfants ? Vous êtes un sale petit fouineur. Nous allons faire développer et analyser vos photos. Comme ça, nous en aurons le cœur net. Ou bien, mieux encore : nous allons développer les photos à notre manière, puis vous entendrez parler de nous ! »

Sur ces mots, il ouvrit l'appareil, sortit la bobine, tira sur la languette et arracha la pellicule du boîtier pour effacer toutes les prises. Puis il referma l'appareil et le fit glisser vers Stettler. Il prit le téléphone et appela un collègue, qui ne mit que quelques secondes à arriver.

« Fouille corporelle, assurez-vous que monsieur n'a pas d'autres pellicules sur lui. »

Il dut ôter sa veste pour que l'agent puisse fouiller ses poches, puis il fut poliment invité – contre toute attente – à retourner les poches de son pantalon (latérales et arrière). Ce qu'il avait d'abord craint n'arriva cependant pas, on ne lui fit pas subir de fouille, il ne fut pas forcé de se dévêtir et personne ne lui introduisit un doigt dans l'anus afin de vérifier qu'il n'y avait pas caché de pellicule.

Il n'eut plus jamais de nouvelles de la police. Pendant quelques semaines, il s'attendit à être contacté, du moins par courrier. Mais il ne reçut aucune lettre et aucun agent n'apparut un jour à sa porte. Ils semblaient l'avoir oublié. Lui en revanche n'oublia pas les heures qu'il avait passées au poste et pendant lesquelles on l'avait traité comme un criminel. Il en rêvait presque chaque nuit. Il se réveillait en nage et ensuite ne parvenait plus à se calmer. Les pires moments étaient ceux où il imaginait que le policier qui l'avait interrogé était son père. Plus il en rêvait, plus son image se précisait.

Lorsqu'il finit par trouver parmi les derniers pauvres biens de sa mère une photo de son père, dont il ne se rappelait pas le visage, il trouva à sa grande horreur une certaine ressemblance. Son espoir de venir à bout du cauchemar fut déçu.

Elle avait pris son petit-déjeuner – en regardant les montagnes – puis elle avait fait ses bagages devant la fenêtre ouverte ; les oiseaux ne gazouillaient plus, les Alpes avaient disparu dans la brume, l'air bruissait d'un affairement invisible.

Pendant le petit-déjeuner, un serveur âgé lui avait apporté deux petites lettres sur un plateau : Kletzki lui envoyait des remerciements dithyrambiques et disait son regret de ne pas l'avoir vue après le concert ; l'accompagner avait été une joie phénoménale, assurait-il ; il souhaitait de tout cœur que leur collaboration puisse être réitérée. Le directeur de l'orchestre, qui l'avait saluée le soir avant le concert, exprimait son espoir de la réentendre bientôt dans cette ville. (Le ton était différent de celui du chef d'orchestre, mais ça n'en était pas moins une généralité qui n'engageait à rien.)

Elle quitta l'hôtel peu après neuf heures pour être à l'ouverture du magasin d'antiquités. Elle laissa sa valise dans sa chambre, comptant revenir à dix heures et demie au plus tard, boire un thé puis se rendre à la gare, la société des concerts lui avait commandé un taxi.

Lotte aperçut un attroupement devant les arcades en dépit de l'heure matinale, à peu près à l'endroit où, la veille, elle avait remarqué les vitrines étrangement vides du grand magasin.

L'antiquaire se trouvait tout près. La foule semblait survoltée, mais la raison n'en était pas visible de loin. Beaucoup de gens conversaient à voix haute, quelques-uns riaient, d'autres semblaient choqués ; certains désignaient du doigt quelque chose que Lotte ne pouvait pas voir – et d'ailleurs ne tenait pas à voir. Elle se dit que ce n'était pas sa ville, que cela ne la concernait pas, elle n'avait pas envie de voir un spectacle inconvenant. Elle leva les yeux, mais à l'endroit où les gens s'étaient attroupés, toutes les fenêtres étaient fermées. Personne ne s'était donc jeté dans le vide, il n'y avait pas eu de suicide ni une autre chose désagréable. Lotte ne voulait voir ni sang, ni débris, cela n'avait pas été une bonne idée de venir ici.

Mais puisqu'elle était là, désormais, elle ne voulait pas rebrousser chemin sans avoir demandé le prix de la montre, elle continua donc vers les arcades. Elle décida d'ignorer à la fois la foule et la raison qui l'avait ameutée. Mais à cet instant, une allée se libéra au milieu de l'attroupement. Une demi-douzaine de pompiers ou de policiers étaient apparus, qu'on dut laisser passer. Il n'y avait pas de secouristes munis d'un brancard. Mais Lotte vit ce qui avait attiré tant de gens. Derrière la vitrine il y avait un homme.

C'était comme s'il se préparait à un long départ en vacances, mais sans avoir à faire de valises. Au contraire, il laisserait tout ici. À dix heures, il se lava soigneusement, il comptait quitter la maison à une heure moins le quart. Il avait appelé le bureau du personnel à huit heures pour se faire porter malade. Il avait déclaré qu'au cas où il irait mieux après avoir vu son médecin, il se rendrait à son lieu de travail vers midi, seule la deuxième partie de ses dires était exacte. On avait pris bonne note de son absence et on lui avait souhaité un prompt rétablissement. Les deux sur un ton professionnel, sans aucune commisération ni même chaleur. Il ne savait même pas qui avait décroché, et de toute façon, quelle importance ?

Tout ce qu'il avait fait ce matin était inhabituel, comme tant de choses inhabituelles qu'il avait entreprises ces derniers jours. Il avait décidé de ne rien laisser au hasard. Cela ne lui posait pas de problème. Tout était réfléchi, calculé et planifié. Il allait laisser derrière lui un endroit irréprochable.

Il n'avait pas pris de petit-déjeuner, mais il avait bu une bière à neuf heures et demie. Une heure plus tard, il avait mangé les denrées périssables, charcuterie, fromage et pain. Le reste partit à la poubelle. Il laissa à leur place le riz, la farine et le sucre. Le linge était propre, sec et – quand c'était nécessaire – repassé, il s'en était occupé ces derniers jours sans se presser. Les draps étaient changés. Le balcon, balayé, y compris les coins et le mur, dans le crépi grossier duquel la poussière tendait à s'agréger. Si d'aventure un étranger venait à entrer dans l'appartement, il le trouverait propre et impeccable. Personne ne pourrait lui faire le moindre reproche. Il avait nettoyé toutes les vitres à l'eau chaude et à l'alcool à brûler, au point d'en avoir les mains rouges et fripées. Il avait passé l'aspirateur sur les tapis des chambres. Il avait balayé et lavé le carrelage de la cuisine et nettoyé le parquet des chambres, il avait même soulevé le rebord des tapis pour nettoyer dessous. Il s'était demandé quel effet ça lui ferait d'employer une femme de ménage, une inconnue qui verrait et toucherait des choses qui ne lui appartenaient pas. Il fallait qu'elle soit, d'une certaine façon, aveugle et lucide à la fois. Il avait vérifié toutes les ampoules des lampes, aucune ne clignotait. Quand on appuyait sur l'interrupteur en entrant dans l'appartement, le vestibule s'illuminait, une lumière chaude et accueillante. Aucun grain de poussière sur les étagères. La baignoire, le lavabo et les toilettes – la cuvette et la lunette – étaient d'une propreté impeccable. Il n'y avait aucune trace sur le miroir. Le sol de la salle de bains, il l'avait nettoyé à genoux au moyen d'une brosse. On aurait pu manger dessus. Il avait changé le drap de bain et la serviette pour les mains. Cela l'avait contrarié de voir que les deux avaient jauni. Sa mère devait connaître un moyen d'éviter cela. Il y avait remède à tout. Le gant de toilette humide et la serviette usagée avaient atterri à la poubelle. La corbeille à linge était vide et aérée. Il avait également jeté son pyjama et le linge sale de la veille. C'était comme si l'appartement était inhabité, comme si quelqu'un l'avait meublé puis aussitôt abandonné. Il pensa en avoir chassé toute odeur. Dans la cuisine c'était naturellement le plus difficile, bien plus que dans la salle de bains. Car de la saleté invisible se cachait dans des recoins impossibles à atteindre. Il laisserait la fenêtre de la cuisine entrouverte. Pendant trois jours, il avait toujours laissé au moins une fenêtre ouverte, même la nuit. Maintenant, toutes les fenêtres étaient grandes ouvertes, il les refermerait avant de fermer la porte derrière lui. Il ne rencontra personne dans la cage d'escalier. Il connaissait tous les voisins, des gens stables dont les enfants grandissaient sans cesse ; à chaque centimètre gagné, ils étaient devenus moins agités et moins visibles. Il ne les entendait pas pendant des journées entières. Il n'entendait rien d'ailleurs pendant des journées entières. Il ne voyait personne pendant des semaines entières. Il avait nettoyé l'écran du téléviseur avec un chiffon humide. Un écran, c'est délicat. Il réfléchit à la question de savoir s'il devait laisser une lettre. Mais pourquoi s'expliquer ? Il n'avait pas l'intention de se suicider.

Il avait souvent éprouvé une grande fatigue au cours de ces dernières semaines, maintenant il était en forme. Pas fatigué, serein et frais.

Il n'avait plus faim mais il avait soif, aussi but-il de l'eau au robinet. Il sécha ensuite l'évier de la cuisine. Il avalerait quelque chose de sucré avant de quitter la maison. Il restait une demi-tablette de chocolat qu'il comptait finir. Il l'avait déjà sortie de son emballage qu'il avait jeté. Il avait vidé le frigidaire de tout ce qui était périssable, vidé le lait dans l'évier, tout ce qui pouvait rancir ou moisir avait atterri dans la poubelle qu'il descendrait et poserait sur le trottoir. Les éboueurs passeraient demain matin. Cette fois-ci, il n'entendrait ni les camions, ni le remplissage assourdissant des bennes. L'unique question qui le préoccupait, c'était de savoir ce qui arriverait à sa poubelle.

Dommage qu'il n'ait appris que ce matin que Lotte Zerbst allait donner un concert en ville ce soir. Chopin. Après l'avoir déprogrammée au début de l'année pour des raisons politiques, on la faisait venir cette fois parce que le soliste annoncé était indisponible. Si Stettler l'avait su plus tôt, il aurait peut-être changé ses plans, sa journée aurait suivi un cours complètement différent. Il aurait passé la soirée après le concert en compagnie de Lotte Zerbst. Mais sa décision était prise et il s'y tenait. Il allait tout faire exactement comme il l'avait imaginé. Les autres pourraient toujours penser qu'il avait agi sous le coup de l'émotion, c'était inexact.

Les Quatre Saisons fermaient à dix-huit heures trente, comme tous les jours ouvrables. À dix-neuf heures, presque tous les employés avaient quitté le magasin, la plupart – heureux de pouvoir enfin goûter leur soirée de loisir bien méritée – étaient déjà partis.

Stettler savait exactement où se cacher. Il s'enferma dans un placard qui contenait les balais, seaux, torchons, époussettes, détergents, etc. Il y avait de tels placards à tous les étages du grand magasin, mais celui du sous-sol était le plus sûr. Stettler partait même du principe qu'on ne l'utilisait qu'occasionnellement, même pas de façon hebdomadaire.

Pour quelqu'un qui connaissait les lieux comme lui, ce fut facile d'accéder à cette pièce fermée, il s'était déjà procuré une clef, il ouvrit la porte, la verrouilla de l'intérieur en laissant la clef dans la serrure. Si quelqu'un essayait d'ouvrir le placard à balais, non seulement il se retrouverait devant une porte fermée mais il lui serait même impossible d'y introduire la clef. Mais naturellement, rien de tout cela ne se produirait, car personne ne s'intéressait aux placards à balais à une heure pareille ; les femmes de ménage n'arriveraient que le lendemain matin, lorsque Stettler aurait quitté le placard depuis longtemps. Dans ce cagibi sans fenêtre, il put allumer la lumière sans que personne ne le voie. Il s'installa aussi confortablement que possible. Mais il n'avait pas l'intention de se reposer, encore moins de dormir.

Il quitta le placard à balais vers vingt-trois heures. Il s'était déchaussé et marchait pieds nus. Tout devait se passer sans le moindre bruit. Comme il ne voulait pas allumer de lumière dans le grand magasin, il avait apporté une lampe de poche qu'il avait pris soin d'équiper d'une pile toute neuve, même s'il n'allait pas s'en servir beaucoup. On lui avait assuré qu'elle tiendrait plusieurs heures, mais il ne comptait pas la laisser allumée plus longtemps que nécessaire. Après avoir doucement refermé la porte du placard, il tendit l'oreille ; il ne perçut aucun son. Le sol nu était frais. Il avança en tâtonnant prudemment le long du couloir jusqu'au palier puis il monta les marches une par une. Il avançait lentement, aussi fut-il étonné de se sentir incroyablement jeune et aventureux. De sa main droite, il se retenait à la rambarde, et de ses orteils, il débusquait sans effort tout obstacle. Quand il n'était pas sûr, il faisait brièvement jaillir la lumière de sa lampe, s'orientait et poursuivait son chemin. Il avait compté les marches en descendant, il y en avait vingt-deux. Son chemin ne le conduisait pas plus loin que le rez-de-chaussée, qu'il connaissait presque aussi bien que chez lui, où tous les objets lui étaient familiers, même dans le noir.

Seul un filet de lumière filtrait à travers les trois portes d'entrée. De dehors, on ne pouvait voir l'intérieur du grand magasin. Les rares piétons qui déambulaient encore à cette heure passaient sans s'arrêter. Comme les vitrines n'étaient pas éclairées – la lumière était éteinte à vingt-deux heures précises et n'était rallumée qu'un peu avant l'ouverture du magasin – les gens n'avaient aucune raison d'interrompre leur promenade. Sans les mannequins vivants, les vitrines estivales de Bleicher ne présentaient aucun intérêt.

Stettler rapprocha un fauteuil de la vitre et s'installa confortablement dedans, une longue nuit l'attendait, au cours de laquelle il ne cessa de s'assoupir et de se réveiller brusquement.

Le grand magasin ouvrirait ses portes à neuf heures. Les employés arriveraient entre huit heures et huit heures et demie. Les caisses, qui avaient été vidées la veille par mesure de sécurité – l'argent était rangé dans le coffre du bureau de Heinz Schuster –, seraient de nouveau remplies ; il serait temps de se préparer à accueillir les premiers clients mais la véritable affluence ne commencerait qu'après dix heures. Quand on ouvrirait les portes, les femmes qui nettoyaient ne seraient plus là.

Elles commenceraient leur activité à sept heures, mais les vitrines ne relevaient pas de leur domaine, il leur était explicitement interdit d'y pénétrer. Elles ne tomberaient donc pas nez à nez avec Stettler. Elles ne remarqueraient même pas sa présence.

L'aube avait déjà commencé à poindre, mais même en plein jour, les arcades empêchaient que trop de lumière naturelle ne pénètre à l'intérieur du grand magasin. Stettler fit ses préparatifs dans la pénombre. Il remit le fauteuil à sa place, se déshabilla à toute vitesse, fourra ses affaires dans un sac puis s'enveloppa d'un grand peignoir destiné à un homme nettement plus massif que lui. Il couvrit son visage d'un drap de bain. Puis il entra dans la vitrine du milieu, où étaient disposées des chaises de camping, en rampant à quatre pattes comme il avait l'habitude de faire quand il travaillait, sauf que, cette fois-ci, il ne s'agissait pas de modifier la décoration, mais de l'animer.

Il s'assit sur une des chaises pliantes. Le passant pressé qui aurait jeté un coup d'œil furtif à la vitrine n'aurait vu dans ces contours vagues qu'un tas de linge en tissu éponge. Stettler attendit, immobile, le moment approprié. Il jouerait son rôle aussi certainement que les aiguilles des nombreuses horloges accrochées dans *Les Quatre Saisons* avançaient.

Plus tard, on lui demanda pourquoi il avait fait cela, mais apparemment il ne comprenait pas la question ou celui qui la lui posait. On voulut savoir si c'était l'envie de se suicider professionnellement qui l'avait poussé à agir ainsi. Il écouta attentivement mais sans paraître comprendre. Il souriait souvent, de la même façon qu'il souriait à présent, invisible sous le drap de bain, pendant qu'il attendait que les lumières s'allument. Les jeunes acteurs de Bleicher attendaient-ils déjà le moment d'entrer en scène ? Ils ne pourraient pas prendre leur place à temps. Il ne faisait rien de mal. Il respirait calmement. Il se montrait, c'était tout. Il entendit des voix. Ce n'était pas un délit, juste un acte d'autodéfense. Pour la première fois de sa vie.

Juste avant que la lumière ne jaillisse dans toutes les vitrines à la fois et que les jeunes acteurs ne prennent la pose, il ôta le peignoir qui le protégeait. Il ne portait rien dessous. Il était nu.

Il mettait de l'ordre dans le désordre de la vitrine. Il était assis sur une chaise de camping, droit et nu. Il souriait et attendait. Il était assis, droit comme un *i*, et attendait, seuls ses yeux bougeaient. Il attendait.

Plus tard, on lui demanderait peut-être ce qu'il en avait attendu. Il ne répondrait sans doute pas. Il sentait l'étoffe de la chaise pliante sous son postérieur. Son postérieur nu. Il attendait. Il entendait des voix. Celles des mannequins vivants qui ne joueraient pas. Décalage du temps.

Il ne fallut pas deux minutes pour que le premier passant s'arrête devant la vitrine, et environ vingt secondes avant qu'un deuxième ne se joigne à lui, après que le premier lui eut dit qu'il allait voir quelque chose qu'il n'avait encore jamais vu. Même s'ils n'étaient pas cloués au sol, bouche bée, les piétons montraient tout de même un vif étonnement. Comme il était encore relativement tôt et qu'à cette heure il y avait plus d'hommes que de femmes dans les rues, c'était d'abord des hommes qui se rassemblèrent devant la vitrine. La pudeur naturelle et la sollicitude paternelle voulaient que les femmes et les enfants ne soient pas confrontés à ce spectacle. Comme on refoulait les spectatrices curieuses, elles restaient en arrière, mais il fut impossible d'empêcher tout à fait qu'elles aperçoivent l'indigne spectacle, aussi inconvenant, répugnant et immoral qu'il soit et quelque grande que soit la crainte qu'une âme innocente – surtout celle d'un enfant – en puisse rester perturbée. Quand une femme particulièrement pugnace parvenait tout de même à se frayer un chemin, on protestait bruyamment, mais on était soulagé qu'elle ne pipe mot devant ce qui ne pouvait échapper à personne : le nu intégral, qui allait nettement plus loin que ce que l'on avait l'habitude de voir dans les vitrines de Bleicher. Ils furent nombreux, d'ailleurs, à prendre d'abord ce qu'ils voyaient là pour une nouvelle provocation du jeune décorateur qui – et là tous étaient d'accord – avait dépassé les limites du bon goût de façon inadmissible. Des voix ne tardèrent pas à exiger qu'on appelle la police.

Les commentaires des gens de l'autre côté de la vitre étaient bien entendu inaudibles pour Stettler, il apercevait uniquement des gestes brusques, des visages horrifiés ou amusés et des mouvements de lèvres, mais la réprobation devant sa prestation était on ne peut plus claire. Quelques-uns riaient d'un air gêné, d'autres avaient la mine grave ou inquiète et tous s'étonnaient que l'homme nu dans la vitrine les regarde sans plus d'embarras et d'intérêt qu'un singe au zoo.

Il ne paraissait aucunement gêné de les regarder dans les yeux. Après tout, il n'était pas gêné d'exposer son sexe.

Stettler avait perdu toute notion du temps. Peut-être n'était-ce pas lui qui était assis là, mais seulement son corps.

Un passage finit par s'ouvrir au milieu de la foule maintenant devant la vitrine. Il entendit des voix bruyantes derrière lui venant du magasin. Il se boucha les oreilles et tout ne lui parvint plus que de très loin.

Monsieur Stettler, s'il vous plaît, veuillez vous habiller et nous suivre, levez-vous.

Très chère et estimée madame Zerbst,

Je n'ai appris qu'à la lecture du journal ce matin que vous avez donné un concert hier soir dans ma ville avec l'orchestre symphonique. J'ai lu, sans m'en étonner, que vous avez remporté un franc succès. « Les applaudissements étaient empreints d'un enthousiasme sincère », écrit le critique. Si je l'avais su plus tôt, rien de tout cela ne serait sans doute arrivé. Je serais venu au concert et nous aurions pu converser ensuite de bien des choses autour d'un verre de vin. Mais à présent, il ne me reste plus qu'à vous remercier pour les nombreuses heures de musique à la radio et à me mettre en route. Je suis sûr que vous n'entendrez plus jamais parler de moi.

Bien cordialement,

Robert Stettler

Cher monsieur Stettler,

Je suis rentrée il y a deux jours de cela au terme de mon séjour dans votre belle ville. J'ai eu, comme vous l'avez appris entre-temps, la chance inespérée de pouvoir m'y produire. À mon grand regret, je n'ai cependant pas pu vous en informer à temps, car je n'avais pas pu retrouver votre adresse dans la précipitation du départ. Je suis d'autant plus contente de recevoir ces quelques lignes si aimables de votre part. Rien d'étonnant au fait que ma visite dans votre ville vous ait échappé. L'invitation à y jouer est venue complètement à l'improviste, c'était une surprise totale. J'espère vivement toutefois qu'une rencontre sera possible au cours d'un séjour ultérieur. Car j'espère que votre intention de ne plus jamais vous manifester n'est pas sérieuse.

Je ne vous cacherai néanmoins pas que ma visite s'est achevée sur une note discordante, bien que cette disharmonie n'ait pas porté préjudice aux bonnes impressions que j'avais eues par ailleurs : informé comme vous l'êtes, vous en avez certainement entendu parler. C'est par pur hasard que je me suis retrouvée à proximité de l'incident, mais quoi qu'il en soit, j'ai dû être le témoin involontaire des agissements d'un homme mentalement perturbé, qui a trouvé le moyen de se faufiler dans la vitrine d'un grand magasin pour s'y « exposer » au sens littéral du terme. C'était un spectacle étrange et révoltant, qui a réveillé en moi des souvenirs datant de l'avant-guerre dont je ne souhaite pas (encore) parler ; l'homme nu, assis dans la vitrine comme un mannequin inanimé, avait attiré une foule considérable. Enfin, la vie continue et je suppose que cet homme est à présent entre de bonnes mains.

Amicalement vôtre, toujours

Lotte Zerbst

Épilogue

Des vacances mémorables

J'ai passé six jours de mes vacances d'été chez la cousine Ida et l'oncle Walter. En réalité, elle n'est pas ma cousine mais la cousine de ma mère, mais j'ignore comment s'appelle ce genre de parenté. L'oncle est juste un oncle par alliance. Elle parle toujours le français, lui me parle en allemand. Il travaillait dans une banque, elle est restée une femme au foyer, mais il est maintenant à la retraite. Un matin, je suis allé de bonne heure au marché avec mon oncle. La cousine Ida lui avait donné une liste de courses où elle avait écrit tout ce qu'il devait acheter, et je l'ai accompagné, la plupart du temps c'était elle que j'accompagnais parce que d'habitude, c'est elle qui fait les courses. J'aurais préféré rester au lit, mais c'était une chaude matinée d'été. Le marché se trouve à environ vingt minutes à pied. Nous avons quitté la maison et sommes partis à grands pas. Mon oncle marche toujours très vite, j'ai toujours du mal à le suivre. Il s'arrêtait quelquefois pour m'attendre et ensuite nous repartions. Nous sommes arrivés en ville, le chemin descend toujours.

Nous sommes arrivés à la fosse aux ours et nous avons passé le pont d'où les gens se jettent.

Nous étions encore un peu loin du marché lorsque nous avons vu beaucoup de gens qui s'étaient rassemblés devant un grand magasin qui s'appelle *Les Quatre Saisons*. C'était une foule importante. Nous nous sommes rapprochés, pas mal étonnés. Je n'ai pas eu le droit de voir ce qu'il y avait à voir, l'oncle m'a ordonné de regarder ailleurs, mais j'ai tout vu. D'abord j'ai cru qu'il était arrivé ce dont l'oncle Walter m'avait parlé un jour. Il était debout devant une maison et soudain quelque chose est tombé par terre devant lui, c'était une personne qui s'était jetée par la fenêtre. Une femme, je crois. Mais cette fois-ci, il s'agissait d'autre chose. Dans une des vitrines, il y avait un homme complètement nu assis sur une chaise, il n'avait pas d'habits du tout. Il ressemblait à un singe en cage. Nous sommes hélas repartis aussitôt, l'oncle Walter ne voulait pas que je voie ça.

L'homme va sûrement être conduit à l'asile de fous, a dit mon oncle, parce que des choses pareilles, ça ne se fait pas. « Quelle horreur », a dit la cousine Ida, en français comme toujours, quand il le lui a raconté. Le lendemain, c'était également dans le journal. Ils expliquaient que le fou était un décorateur de vitrines. Ça ne se voit pas tous les jours, des choses pareilles.

Remerciements

L'auteur remercie une fois de plus la fondation Pro Helvetia, qui l'a généreusement soutenu par une bourse.

J'exprime ma gratitude toute particulière au pianiste Oliver Schnyder, toujours disposé à me prodiguer d'utiles conseils en matière musicale.

Ouvrage réalisé
par l'atelier graphique Actes Sud
Achevé d'imprimer
sur Roto-Page
en août 2020
par l'Imprimerie Floch
à Mayenne
pour le compte des Éditions Actes Sud
Le Méjan, place Nina-Berberova
13200 Arles

Dépôt légal 1re édition : septembre 2020
N° impr. : 96618
(Imprimé en France)